섬

AN ISLAND

by Karen Jennings

Originally published in 2020 by Holland House Books, Copyright © 2019 by Karen Jennings
This edition published by arrangement with Agence Deborah Druba, Paris, France, in conjunction with Greenbook Literary Agency, Seoul, South Korea. All rights reserved.

Korean translation copyright © 2024 by Viche, an imprint of Gimm-Young Publishers, Inc.

섬

AN ISLAND

캐런 제닝스 장편소설

권경희 옮김

비채

차례

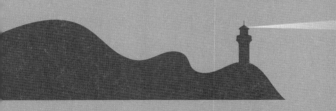

AN ISLAND

첫째 날

자갈이 흩어진 섬의 해변에 파도에 씻긴 석유 드럼통이 떠밀려온 건 처음 있는 일이었다. 지난 세월 간간이 이런저런 물건들이 도착했다. 해진 셔츠며 밧줄, 찌그러진 플라스틱 도시락 뚜껑, 인조 가발 등. 이따금 시신도 도착했는데, 오늘도 한 구가 있었다. 시신은 드럼통 옆에 길게 모로 누워 있었고, 한쪽 팔은 긴 여행을 함께한 동료와 헤어지고 싶지 않다는 듯 앞으로 뻗어 있었다.

새뮤얼은 그날 아침 등대 내부 계단을 내려오다가 작은 창문 하나를 통해 드럼통을 먼저 보았다. 조심조심 내려가야 했다. 돌계단은 아주 오래되어 반지르르 닳고 가운데가 깊게 파여 언제든 그를 고꾸라뜨릴 준비가 되어 있다. 그가 곳곳에 시멘트를 바르고 금속 손잡이를 끼워놓았지만, 나머지 부분은 양팔을 뻗어 손끝으로 거친 벽면을 짚으며 내려가야 했다.

플라스틱 드럼통은 작업복처럼 푸른색이고, 새뮤얼이 서둘러 해안으로 다가가는 내내 얕은 물살에 연신 깐닥거렸다. 새뮤얼은 바로 앞에 도착해서야 시신을 발견했다. 그는 옆걸음질로 시신을 피해 닿을락 말락 한 거리를 두고 드럼통 주변을 한 바퀴 돌았다. 드럼통은 대통령처럼 퉁퉁하긴 해도 찢어지거나 구멍 난 곳은 없었다.

새뮤얼은 조심스레 드럼통을 들어 올렸다. 드럼통은 봉인된 채로 안이 비어 있었다. 무게가 가볍다 해도 부피가 커서 다루기가 만만치 않았다. 울퉁불퉁한 자갈 해변을 가로질러 비바람에 깎여 반들반들해진 큰 바위들을 지나 키 작은 관목과 수풀이 자라는 경사진 모래언덕을 올라 마침내 등대와 오두막이 나란히 있는 곳까지, 표면이 매끈매끈한 저 드럼통을 새뮤얼의 구부러지고 곱은 손으로 옮기기란 아마 불가능할 것이었다. 만약 드럼통을 등에 지고 오두막에서 가져온 밧줄로 몸에 고정한다면, 바퀴가 쪼개져 바위틈에 자꾸 끼고 무게 때문에 걸핏하면 엎어지는 낡은 외바퀴 수레를 사용하지 않아도 될 터였다.

그렇다. 드럼통을 지고 옮기는 게 제일 좋은 방법일 터였다. 일단 드럼통을 마당까지 옮기면 새뮤얼은 자루 속, 썩어 가는 판자 사이에 들어 있는 오래된 쇠톱을 찾아낼 것이다. 녹을 문질러 없애고 날을 가능한 한 날카롭게 갈아서 드럼통 윗부분을 톱질해 잘라내면, 홈통이 깨져 비가 올 때 물이 넘 치는 오두막 바깥에 받쳐두고 텃밭에 쓸 빗물을 저장할 수도 있을 것이다.

새뮤얼은 안고 있던 드럼통을 내려놓았다. 드럼통이 울퉁 불퉁한 자갈 위로 기우뚱 넘어지며 시신의 팔을 툭 쳤다. 시 신을 잊고 있었다. 그는 한숨을 내쉬었다. 시신을 처리하려면 하루는 걸릴 것이다. 꼬박 하루가. 먼저 시신을 옮겨야 할 테 고, 묻는 것도 일이다. 얕은 모래층 밑으로 단단한 바위가 가 득한 이 섬에서 시신 매장은 어차피 불가능한 일이다. 유일한 선택지는, 과거 다른 시신들을 처리했을 때처럼 돌멩이로 덮 는 방법뿐이다. 그런데 이번 시신은 너무 컸다. 너비는 아니 고 길이가 그랬다. 마치 바다의 밀물과 썰물이 길게 잡아당겨 부자연스러운 모양으로 망가뜨린 것처럼, 시신은 드럼통 길 이보다 두 배만큼 길었다.

헐벗은 상체에 선연하게 드러난 마디진 등뼈나 갈비뼈와 어울리지 않게 시신의 팔은 다부지고 건장했다. 견갑골에는 가늘고 검고 곱슬곱슬한 털이 나 있었다. 데님 반바지의 허리

춤과 만나는 등허리 쪽의 털은 색이 더 짙었다. 다리와 발가락과 팔뚝과 손마디 사이에도 똑같은, 시신의 몸집에 비해 너무 짧은 털이 나 있었다. 새뮤얼은 어쩐지 불안해졌다. 갓 태어난 동물이나 자궁 안에서 너무 오래 머물던 신생아의 털을 보는 기분이었다. 바다는 여기 이 돌 위에 무엇을 낳은 걸까.

이미 떠오른 아침 해가 소금 결정이 묻은 시신의 솜털을 은빛으로 빛나게 했다. 사이사이에 모래가 박힌 머리칼도 회색빛으로 보였다. 시신의 이마 일부와 감은 눈 한쪽에 굵은 모래 알갱이가 달라붙어 있었다. 얼굴 나머지는 어깨에 가려 보이지 않았다.

새뮤얼은 쯧쯧 혀를 찼다. 시신은 차례를 기다려야 한다. 드럼통을 옮기는 게 먼저다. 그런 다음 이튿날 아침에, 만약 그때까지 시신이 바다로 떠내려가지 않는다면, 섬에 있는 큰 돌들을 쪼개 시신을 덮을 만큼의 돌멩이를 확보할 생각이다.

등대지기로 일해온 23년 동안 새뮤얼이 발견한 시신은 모두 서른두 구였다. 파도에 실려 온 서른두 구 모두 이름 없는 무연고 시신이었다. 처음에 그는 시신을 발견할 때마다 신고했다. 새 정부는 창창한 미래를 약속할 뿐 아직은 체계가 잡히지 않은 혼돈 상태임에도 지난 사반세기 동안 독재자 치하에서 죽거나 실종된 사람들을 찾아내려 애쓰고 있었다. 처음엔 클립보드를 든 공무원들이 섬을 찾아왔었다. 그들은 보디백을 열두 개나 가지고 와 섬을 빗질하듯 샅샅이 뒤지며 얕은 무덤과 큰 바위 사이에 박혀 있는 유해나 굵은 모래에 묻힌 뼈와 치아를 찾으려 애썼다.

"아시잖아요." 여성 주무관이 흠집이 난 에나멜 구두 굽을 내려다보며 말했다. "정부는 약속했습니다. 우리가 국가적으로 전진하려면 독재 치하에서 고통받은 사람들을 모두 찾아내야 합니다. 제 동료들은 수도 외곽의 어느 들판에서 최소 쉰 명이 한꺼번에 묻힌 매장지를 발견했어요. 다른 동료는 숲에서 나무에 매달려 교수형당한 사람들을 발견했고요. 그 일곱 구의 시신은 죽은 지 한참이 지나서까지 묻히지 못하고 나무에 매달려 있었죠. 우리가 이 섬에서 얼마나 많은 시신을 발견할지 누가 알겠어요? 분명 많은 시신이 나올 거라 확신합니다. 이 섬은 시신을 버리기에 더없이 좋은 곳이니까."

"그렇게 생각하세요?"

"오, 그럼요. 둘러만 봐도 알 수 있어요." 주무관은 전망을 내려다보며 손을 휘저었다. "사방 수 킬로미터에 아무도 없잖아요. 누가 무슨 짓을 하든 보고 들을 사람이 없죠." 그녀는 새뮤얼에게 다가붙으며 목소리를 낮췄다. "독재자가 집단 수용소 같은 비밀 장소를 만들어 반대자들을 보내 죽였다는 소문이 있어요. 물론 그 소문이 사실인지 아직은 알지 못해요. 그 말을 뒷받침할 증거도 찾아내지 못했고요. 하지만 이 섬은 너무도 그럴싸한 장소잖아요, 안 그래요? 누군가를 죽이러 보낼 장소가 필요하다면 이 섬이 안성맞춤 아닐까요?"

새뮤얼은 대꾸하지 않았는데 여자는 몸을 돌려 손목시계를 톡톡 치며 팀원 한 명을 부르고 있었다. "계속 찾아봐." 그녀는 고개를 가로젓는 남자에게 말하고는 다시 새뮤얼을 쳐다보았다. "우리가 시신들을 찾아낸 다음에야 비로소 치유가 시작될 겁니다. 국가를 위한, 우리 모두를 위한 치유 말이죠. 그때까지 치유는 요원한 이야기입니다. 그러니 무슨 일이 있어도 우리는 시신들을 찾아내야 해요."

하루치 수색 결과 바닷물에 밀려온 시신 한 구만 수습하고 조사단 일행이 빈손으로 돌아오자 주무관은 작별 인사도 없이 급히 달려가 배를 출발시켰다. 새뮤얼은 그녀나 그녀의 부서에서 아무 연락도 받지 못했다. 죽은 남자에게 무슨 일이 일어났는지, 혹은 남자가 어떤 사람인지 알지 못했다.

몇 달 후, 아마 1년쯤 뒤에 새뮤얼은 밀물에 실려와 나란히 누운 시신 세 구를 발견했다. 소년과 소녀, 그리고 담요에 싸인 갓난아기. 당시만 해도 등대의 무선통신기가 작동해서 그는 해안경비대에 연락해 신고했다. 여자가 그에게 다시 무선

연락을 했다. 수신기는 잡음이 지지직거려 그녀의 목소리가 띄엄띄엄 들렸다.

"그들은 무슨 색입니까?"

"무슨 말씀인지?"

"무슨 색이냐고요? 시신들, 색이 어때요?"

새뮤얼은 침묵했다.

"그들이 우리보다, 그러니까 피부색이 짙은가 하는 걸 묻는 겁니다. 당신이나 내 피부색보다 짙습니까?"

"그렇게 보입니다."

"그럼 얼굴은요? 우리보다 긴 편인가요? 광대뼈는 어떻게 생겼죠?"

"모르겠군요. 아이들입니다. 그냥 아이들처럼 생겼어요."

"잘 들어요, 우린 바쁜 사람들입니다. 다뤄야 할 진짜 범죄들이 산적해 있어요. 실제 잔혹 행위 말이죠. 다른 나라 난민들이 도망치다 물에 빠져 죽을 때마다 섬으로 갈 수는 없어요. 그건 우리 일이 아닙니다."

"그럼 저 시신들을 어떻게 해야 합니까?"

"당신 좋을 대로 하세요. 난민 시신은 필요 없으니까."

그 무렵 새뮤얼은 오두막 옆에 텃밭을 일구기 시작했고, 월급으로 육지에 토양과 종자와 쇠스랑을 주문했다. 그다음에는 자라나는 작물을 보호해줄 돌담을 쌓기 시작했다. 섬 이곳저곳에서 벽돌만 한 돌을 주워 모은 뒤 적당한 높이와 길이가 될 때까지 하나씩 하나씩 맞추며 쌓아갔다. 그다음 그는 주문 제작한 커다란 해머로 해안에 널려 있던 돌멩이와 반지르르한 큰 바위들을 깨뜨려 건축에 사용했다. 섬 모양이 서서히 바뀌기 시작했다. 섬 위를 정기적으로 비행하는 헬리콥터가 있었다면, 조종사는 작은 만이 조금씩 넓어지고 톱니처럼 깔쭉깔쭉했던 모서리들이 부드러워진 걸 알아보았으리라.

새뮤얼은 돌담 공사를 계속해 결국 섬을 한 바퀴 에둘렀다. 그는 이 돌담 외벽 안쪽에 시신을 처리하기 시작했다. 매장하기 전 신원을 확인할 만한 물건을 찾아 주머니를 뒤졌지만, 중요한 물건이 나온 적은 없었다. 어떤 노인이 꽉 쥔 지갑에서 꼬깃꼬깃한 외국 돈이 나왔을 뿐이다. 새뮤얼은 노인을 매장할 때 지갑도 함께 묻어주었다. 시신 썩는 냄새가 닿지 않도록 오두막에서 제일 멀리 떨어진 곳을 매장 장소로 골랐다. 시체 냄새가 오두막까지 퍼지는 상황은 피했지만 시신은 갈매기들을 유혹해 몇 주 동안 돌담 주변을 맴돌게 만들었다. 갈매기들은 끼룩끼룩 울어대며 시신의 속살을 쪼아대려 했다. 시간이 지나면서 새뮤얼은 문제가 되는 지점을 보강하는 법을 익혔고, 돌담의 내용물 주위가 살짝 불룩해졌다. 그가 조치를 취했음에도 갈매기들은 어떻게든 돌담에 틈을 내 그 안에 든 시신을 쪼아대려 했다. 마무리를 허술하게 한 지점에서는 종종 돌멩이들이 떨어지며 돌담이 허물어졌다.

새뮤얼은 드럼통 옆에 누워 있는 시신을 팔꿈치로 살짝 찌르고 발로 툭툭 건드려보았다. 그 충격으로 시신의 팔이 움직이고 고개가 돌아가면서 얼굴이 드러났다. 순간 시신이 두 눈을 떴다. 으으으, 시신의 목구멍이 으르렁거렸다. 뻗은 팔의 손가락이 꼼지락거리더니 조약돌 하나를 톡톡 건드렸다.

새뮤얼은 다리를 끌며 뒷걸음쳤다. "이보시오." 나직하게 불러보았다. "이보시오." 다시 불렀다.

남자는 이번에 움직이진 않았지만, 이제 목에서 맥박이 뛰는 것이 느리지만 확연하게 눈에 띄었다. 자갈 위로 쉭쉭 올라왔다 다시 빠져나가는 파도 소리에 맞춰 남자의 맥박이 뛰고 있었다.

새뮤얼은 수를 헤아렸다. 50. 200. 350. 500까지 셌을 때 그는 플라스틱 드럼통 쪽으로 몸을 돌렸다. 드럼통 한가운데를 양팔로 들고, 시야가 막힌 탓에 몸을 휘청거리며 만조 지점을 지나 해안을 올라갔다. 그는 드럼통을 다시 바닥에 가로로 내려놓고 조약돌로 아래를 괸 다음 시신이 있는 자리로 돌아갔다. 남자의 맥박이 뛰는 것을 다시 백 번까지 더 헤아린

다음 새뮤얼은 한 번도 바꾸지 않았던, 늘 다니던 길을 따라 곳으로 걸어가기 시작했다.

새뮤얼이 해변을 떠나자마자 갈매기들이 내려앉았다. 갈매기들은 남자로부터 몇 미터 떨어진 자리에서 알지 못할 소리로 울어대다가 갑자기 대가리를 숙이고 홱 돌진하곤 했다. 그중 한 마리가 날개를 파닥거리며 남자의 오른 다리로 다가가 바지를 어설프게 쪼았는데, 때마침 새뮤얼이 무거운 외바퀴수레를 밀며 모랫길에 올라왔다.

"저리 가! 어서! 가버려!"

새들이 날개를 치며 날아올라 낮게 맴도는 동안 새뮤얼은 반지르르한 큰 바위들 사이를 지나 자갈 해변을 향해 힘겹게 나아갔다. 그는 남자 옆에서 걸음을 멈추고 외바퀴수레의 우묵한 통에서 밧줄을 조금씩 풀며 드럼통이 있는 곳으로 갔다.

그는 밧줄을 드럼통의 가로와 세로로 두 번씩 두른 뒤 높은 바위에 단단하게 묶었다. 나무 한 그루 없는 이곳에는 살짝만 건드려도 바스스 부서지는, 바싹 마른 가시덤불만 자라고 있었다.

새뮤얼은 남자에게 돌아가 양쪽 겨드랑이에 손을 넣고 외바퀴수레 쪽으로 끌어보려 했다. 남자는 꿈쩍하지 않았다. 새뮤얼은 끙끙 신음하면서도 남자의 몸을 붙들고 있는 것이 느슨해지기를 바라며 끈질기게 잡아당겼다. 금세 팔이 저리고 허리가 시큰했다. 발밑에 있던 돌멩이 하나가 밀리면서 그는 비명을 지르며 뒤로 자빠졌다. 이제 그는 남자의 몸에 깔려버렸다. 이방인의 축축한 머리칼, 이방인의 땀과 숨. 새뮤얼은 남자의 몸을 밀치며 일어났다. 남자의 겨드랑이 털은 빳빳하고 길었다. 새뮤얼이 남자를 밀쳐낼 때 그 겨드랑이 털이 몇 올 뽑힌 모양이었다. 땀 젖은 손목과 팔뚝에 남자의 겨드랑이 털이 달라붙었고, 손톱 밑까지 파고들 것 같았다. 새뮤얼은 손과 팔을 바닷물로 헹군 다음 다시 남자 몸을 붙들었다.

얼마 뒤 새뮤얼은 남자의 어깨를 외바퀴수레에 얹었다. 그는 엉덩이를 수레에 기대고 잠시 숨을 고르고는 옆으로 가 남자의 상체를 위로 끌어당겼다. 쪼개진 나무판 사이에 남자의 살갗이 걸리며 찢어졌다. 머리는 수레 한쪽 손잡이에 힘없이 걸쳤고 두 팔은 옆으로 축 늘어졌다. 새뮤얼은 남자의 두 팔을 수레 안으로 욱여넣고 다리는 뻗은 그대로 두었는데, 그 모습이 어딘지 희극적으로 보였다.

이제 새뮤얼 자신의 다리가 떨리고 있었다. 손도 떨렸다. 새뮤얼은 모래밭에 잠시 쭈그리고 앉아 연무 낀 수평선을 바라보았다. 그는 잠시 생각하고 말했다. "내가 늙었군." 자신의 말에 화들짝 놀란 듯 그는 후다닥 일어나 남자의 갈라진 발뒤꿈치를 잡고 밀어 무릎을 구부리게 했다. 수레가 한쪽으로 치우치지 않도록 두 발은 벌려두었다. 그러고는 남은 밧줄을 여러 번 둘러 남자의 사지가 제자리에 고정되도록 했다. 커다란 남자의 몸은 이제 묶이고 쭈그러들고 변형되었다.

새뮤얼이 조심한다고 신경 쓰긴 했어도 자갈 해변을 달리는 동안 남자의 몸은 자꾸 비틀렸다. 남자의 머리가 새뮤얼의 손을 연신 스쳤다. 방향을 틀 때마다 수레바퀴가 걸렸다. 새뮤얼은 바닥이 덜컹거릴 것 같은 지점에서는 미리 수레를 멈추고 장애물을 제거한 다음 다시 출발했다.

남자가 한 번 신음했다. 새뮤얼은 혹시 남자가 눈을 뜰까 기다렸지만, 그런 일은 일어나지 않았다. 반지르르한 큰 바위들 사이 젖은 모랫길은 폭이 너무 좁아 수레 양쪽이 자꾸 긁혔다. 날카로운 바위 모서리에 부딪힌 남자의 한쪽 무릎에서 피가 흐르기 시작했다.

큰 바위 터널을 지나자 해안을 거의 벗어났다. 이제는 굵은 회색 모래가 섞인 가파른 언덕을 넘어야 하는데, 여기서 바퀴가 또 박혔다. 수레를 힘껏 민다고 될 일이 아니었다. 새뮤얼은 뒷걸음질해 포기하고만 싶었다. 이만치 애썼으면 됐어, 그렇잖아. 나는 할 만큼 했으니 이쯤에서 남자를 묶고 있는 밧줄을 풀어주자. 혹시 남자가 정신을 차린다면, 음식과 마실 물을 가져다주자. 어쩌면 담요도 가져다줄 수 있겠지. 그 정도면 새뮤얼로서는 도리를 다한 셈이다.

하지만 새뮤얼은 다시 몸을 앞으로 밀었다. 발이 푹푹 꺼지는 부드러운 모래밭에서 외바퀴수레를 틀어보려 애썼다. 수레를 길 위로 올리기 위해 몸을 돌려 당기기 시작했다. 종잇장처럼 얇은 양팔이 찢어질 듯 아파왔다. 그러나 수레는 또다시 바닥에 박혔고, 그는 무릎이 꺾였다. 이제 온몸이 모래투성이였다. 신발 안도, 주머니도, 주름지고 갈라진 손에도 모래가 가득했다. 그는 다시 한번 시도했다.

그다음 곳의 숨결이, 누리끼리한 풀들 사이를 지나는 부드러운 산들바람이 느껴지고, 분홍색 작은 꽃들과 초록 가시를 단 풀들이 모여 있는 단단한 흙길이 나타났다. 그것들 너머 솟은 등대가 보였다.

등대는 지난 세기 중반, 독립하기 전 식민정부 시절에 마지막으로 칠했을 때만 해도 흰색이었다. 이제 그 칠은 벗겨져 칙칙해지고 나달거렸다. 등탑을 둘러싼 철제 난간도 세월과 함께 녹슬었고, 거기서 나온 오렌지색 녹이 등주에까지 번져 있었다. 등탑 바깥의 발코니 바닥 널은 오래전에 군데군데 꺼지거나 떨어져나갔다. 새뮤얼이 등대 바로 밑에서 고개를 젖혀 올려다보면 남은 판자들 사이로 보이는 하늘이 흡사 액자에 든 그림 같았다. 그는 시간과 계절에 따라 구름과 별, 해, 달이 그려내는 풍경을 감상했다. 격주에 한 번, 기운이 솟을 때면 새뮤얼은 등탑 바깥의 발코니로 나가 단단히 붙잡을 만한 것에 매달려 긴 자루와 젖은 걸레로 등탑의 창을 닦았다. 며칠 전, 마지막 유리창 청소를 하고 내려오던 그는 어지럼증과 함께 눈앞이 깜깜하고 어두워지는 것을 느꼈다. 지금 올려다보니, 등대의 창들은 구름 한 점 없는 하늘 아래 정오의 날카로운 햇살을 반사하고 있었다.

등탑 중간에서 조금 위쪽에 생긴 깊은 균열이 얼마 전부터 더욱 벌어지고 두 배로 길어져 있었다. 그러나 훨씬 전부터 문제였던 회벽칠과 난간, 발코니의 널과 무선송신기가 그러했듯 어떤 조치도 이뤄지지 않을 것이다.

등대 주변에 듬성듬성 자라는 키 작은 관목들의 줄기와 나뭇가지는 서쪽으로 부는 강력한 바람에 흩날려 영원히 날아가는 것처럼 보였다. 아침에 오두막을 나설 때마다 새뮤얼은 오늘이야말로 관목들이 모조리 날려간 걸 발견하지 않을까 종종 생각했다.

새뮤얼이 돌담으로 구역을 분리해둔 마당에 다가가자 닭들이 요란스레 구구거리기 시작했다. 그는 대문으로 사용하는 낡은 트랩도어를 옆으로 밀며 다정하게 말했다. "아이고, 그만들 좀 울어라. 내가 돌아왔어. 내가 왔잖아."

일곱 마리 닭들은 모이를 기대하고 쏜살같이 달려들었다.

"아냐, 이건 너희 줄 거 아니다. 지금은 저리들 가렴." 새뮤얼은 마지막 몇 미터 앞을 향해 외바퀴수레를 밀며 말했다. 오두막 앞 하나뿐인 계단 위로 수레를 힘껏 당겨 안으로 들였다. 그는 옷을 거는 고리와 점퍼, 모자, 뒤축이 닳은 부츠가 있는 작고 어둠침침한 현관을 지나 거실로 들어갔다.

닭 한 마리가 그를 따라 들어왔다. 다른 닭들과 한사코 어울리지 않는 깃털이 붉은 늙은 닭이었다. 닭들에겐 문지방을 넘어 실내로 들어오는 게 허락되지 않았지만 새뮤얼은 늙은 암탉을 쫓아낼 기력이 없었다. 그는 바닥에 무릎을 대고 앉았다. 암탉이 다가와 그의 빈손을 쪼았다. 그는 암탉의 몸을 쓸어주며 깃털 빠진 가슴과 허벅지, 공격받은 다른 부위들을 꼼

꼼꼼하게 살폈다. 상처가 거의 아물었다. 조금 있으면 깃털이 다시 자라겠지, 그는 바랐다.

"이제 그만." 그는 암탉을 번쩍 들어 옆으로 옮겼다.

새뮤얼은 먼저 밧줄을 푼 다음 외바퀴수레를 조금씩 기울여 남자를 올 풀린 카펫 위에 떨어뜨렸다. 남자의 팔다리와 목의 위치를 다시 잡아주고 피가 멎은 남자의 무릎을 살펴본 다음 낡은 쿠션으로 고개를 받쳐주었다. 암탉이 꼬꼬댁거리며 남자의 머리에서 발끝까지 오갔다.

새뮤얼은 부엌에 들어가 물 두 잔을 거푸 마신 뒤 식탁 의자에 앉았다. 아침식사 후 치우지 않은 음식 부스러기와 마지막 남은 빵 조각이 보였다. 그가 직접 구운 빵이었다. 몇 년에 걸쳐 입맛에 맞는 빵 레시피를 찾아내 일주일에 두 번, 낡은 가스 오븐으로 직접 빵을 구웠다. 그는 넓적한 손으로 테이블 위 음식 부스러기를 훔쳐 반대편 손바닥에 떨군 다음 나직하게 암탉을 불렀다. 그러나 닭은 음식에는 흥미가 없었고 깃털을 흩뜨리면서 바닥에 누워 있는 남자 주위를 돌아다니고 싶어하는 것 같았다.

"불쌍한 녀석." 새뮤얼은 여전히 앉은 채로 상체만 기울여 음식 부스러기를 개수대에 떨어뜨렸다. "나중에 다른 녀석들과 저녁거리를 두고 싸울 때 지금 받아먹지 못한 걸 후회하지나 마라."

하지만 암탉은 무거운 눈을 감고 남자의 다리 옆에 앉아 있을 뿐이었다. 새뮤얼은 남자의 얼굴을 보았다. 좁은 턱에 큰 입술. 얼굴에 털이 전혀 없는 듯하고 눈썹조차 없는 듯 보였다. 30대 초반처럼 보이는데, 그보다 나이가 많거나 젊다 해도 새뮤얼은 놀라지 않을 것이다. 남자의 귓불 아래 살짝 움푹한 자리에 맥이 뛰고 있었다. 새뮤얼은 자신이 어느새 숫자를 또 헤아리고 있음을 깨달았다. 하나. 둘. 셋. 넷. 다섯. 여섯.

저 남자가 언제까지 살아 있을까? 새뮤얼의 집, 새뮤얼의 카펫 위에 얼마나 오랫동안 누워 있게 될까? 새뮤얼은 테이블에 대고 손가락 장단을 치다가 한 손으로 얼굴을 부드럽게 쓸었다. 앞으로도 계속 이렇게 살게 되려나. 그치지 않는 이 움직임이 계속 집 안을 채우게 될까. 20년 넘게 새뮤얼 혼자 고독을 지키던 이 집에서 이런 움직임이 계속되려나. 작은 오두막을 점령하며 바닥과 벽으로 스며든 이 숨결, 이 맥박, 이 젊음, 이 생명. 새뮤얼은 숨이 막히고 내면의 공포에 질려 숨을 헐떡였다.

새뮤얼은 이성을 찾으려 애썼다. 내일은 2주마다 오는 공급선이 도착하는 날이다. 배가 닿으면 남자를 사람들에게 인도하면 된다. 그들은 남자를 데려갈 것이다. 그들에겐 그럴 의무가 있다.

마치 새뮤얼의 머릿속 생각을 샅샅이 읽어내며 조롱하듯 바닥에 누워 있는 남자의 이마에서 핏줄 하나가 빠르고 사납게 부풀었다.

새뮤얼은 벌떡 자리에서 일어나 휘청휘청 문 밖으로 나갔다. 해변에서 드럼통을 가져올 생각이었다. 오두막에 돌아왔을 때는 남자가 죽어 있기를, 그는 바랐다.

등허리에 묶인 밧줄을 풀며 드럼통을 마당에 내려놓자 다리가 후들거렸다. 새뮤얼은 돌담에 몸을 기댔다. 차가운 땅바닥에 잠시 앉아 있을까도 생각했지만 어깨를 펴며 다시 몸을 세웠다. 습관적으로 발걸음이 오두막으로 향했는데, 컴컴한 복도로 이어지는 열린 문을 보자마자 그는 남자가 누워 있는 집을 등지고 등대로 걸음을 돌렸다.

낮게 걸린 태양의 환한 빛살이 얼굴을 때리는 것 같아 새뮤얼은 눈을 깜빡이며 한 손으로 손차양을 만들었다. 그다음 후끈한 입김이 귓속으로 훅 끼치는 듯한 감각이 엄습했고, 그는 다시 고개를 돌려 열려 있는 오두막 문을 마주했다.

그것, 오두막이 낮고 길게 숨을 색색거리고 있었다. 귀에 후끈하게 닿던 감각은 저기서 나온 게 분명했다. 오두막 입구가 섬의 공기를 빨아들였다가 퀴퀴한 공기를 후우 내뱉고 있었다.

남자가 살아 있구나. 새뮤얼은 다른 생각은 할 수 없었다. 남자가 숨 쉬고 있다는 생각만 들 뿐이었다. 자신의 노쇠함이나 통증, 배고픔은 벌써 잊었다. 오두막에 들어가 소파에 길게 누워 지금의 불편함이 누그러질 때까지 잠시 자고 싶다는 욕망조차 일지 않았다.

하지만 새뮤얼은 숨을 헐떡거리는 저 구멍으로 들어갈 엄두가 나지 않았다. 저 안에 들어간다면 숨이 막혀 죽고 말 것 같았다.

그의 안에서 꼬깃꼬깃 접혀 있던 무언가가 움직이기 시작했다. 그것은 조금씩 펼쳐지며 점점 커지더니 결국 그의 가슴과 두 팔과 목구멍을 감쌀 정도로 커졌다. 그의 몸이 부러져 삐걱거리는 소리가 날 것만 같았다. 그는 손을 뻗었지만, 밧줄 같은 손가락에 닿는 건 며칠 동안 면도하지 못해 꺼끌꺼끌해진 수염과, 수염 밑 종잇장처럼 얇은 살갗뿐이었다.

아니, 그는 오두막으로 들어갈 수 없었다. 그렇다고 지칠 대로 지친 다리를 끌고 해변으로 돌아갈 수도 없었다. 설령 힘이 남았더라도 그는 해변엔 가지 않을 것이다. 해변도 이젠 두려움의 장소가 되어버렸다.

펼쳐짐은 계속되었고, 그는 점점 얇아졌으며, 어느 순간 마침내 바람에 날릴 만큼 얇디얇은 무형의 존재가 되었다.

마당에서 닭들이 저녁거리를 달라며 울어댔다. 새뮤얼은 오두막 옆, 닭모이를 저장해둔 자리로 갔다. 묵직한 뚜껑을 들어 올리고 곡물 위에 얹힌 에나멜 머그를 집었다. 군용 녹색 머그는 입술이 닿는 테두리에서 안쪽까지 넓게 녹이 슬었고, 밑바닥과 손잡이에도 변색된 작은 점들이 있었다. 머그를 사료에 찔러 넣자 저항하던 염주알 같은 곡물 알갱이가 채워지며 묵직해졌다. 가뜩이나 굽고 두툼한 손가락은 아침부터 고된 노동을 한 탓에 더 탱탱 붓고, 손은 소꿉놀이용 잔을 쥔 거인의 손처럼 보였다. 그는 퍼낸 곡물을 바닥에 흩뿌린 다음 두세 번 더 퍼내 뿌렸다. 닭들은 이미 진격해 와서 벌레와 곤충으로 먹이를 찾던 나날을 까맣게 잊은 듯 날렵하게 흙바닥을 쪼고 있었다.

새뮤얼의 배가 꾸르륵거렸다. 아침부터 쫄쫄 굶었다. 그는 모이통에 든 곡물을 손으로 조금 퍼내 입안에 털어 넣었다. 먼지 냄새와 나무 통 냄새가 올라왔다. 이제 뭔가를 씹을 만한 치아도 남지 않았지만 곡물을 입안에 넣고 오물오물 빨았다.

해가 있는 동안 달걀을 거둬야 했다. 덤불 밑과 여기저기 팬 자리를 뒤지고, 공동 닭장의 지푸라기를 들췄지만 겨우 달걀 세 알만 거뒀다. 자갈 사이 껍질이 깨지고 노른자가 흘러나온 달걀 잔해가 보였다. 돌담 위와 길가에도 깨진 달걀 껍질이 흩어져 있었다. 갈매기들이 달걀을 얼마나 훔쳐간 걸까. 작은 붉은 암탉이 더는 알을 낳지 않는다는 사실을 새뮤얼은 알았다. 암탉은 이제 너무 늙고 건강이 좋지 않았다. 예전 같았으면 암탉의 목을 비틀어 뜨거운 물에 삶아 먹었을 것이다. 고기가 부족했다. 하지만 잘 먹이고 쉬게 해준다면 암탉도 나아지리라 생각하며 하루하루 잡아먹고 싶은 마음과 싸웠다.

그때 암탉들 사이에서 싸움이 벌어졌다. 새뮤얼은 돌아섰고, 어느새 바깥으로 다시 나와 있던 붉은 암탉 위로 다른 암탉들이 날아드는 장면을 목격했다. 닭들은 작고 늙은 암탉의 날개를 집중적으로 때리며 공격했고, 그러는 통에 작은 깃털들이 공중으로 날아올랐다가 낮게 빙그르르 돌며 떨어지고 있었다. 새뮤얼은 달걀 세 알을 내려놓고 싸움터로 건너가 맨손으로 닭들을 갈라놓으려 했다. 작은 붉은 암탉의 깃털은 마구 헝클어졌고, 지난번에 털이 빠져 맨숭해진 가슴과 눈 위쪽에 핏자국이 나 있었다. 새뮤얼은 얼른 암탉을 잡아 들고 며칠 전에 파도가 실어온 유목과 그물을 이용해서 대충 만든 어리 안으로 옮겼다. 암탉은 내내 신경질적으로 울어댔다. 그는 암탉의 등을 쓸어준 뒤 따로 먹으라며 모이 한 줌을 가져다줬지만, 암탉은 눈을 감은 채 손으로 먹여주는 것마저 거부했다.

다른 닭들이 모이를 찾아 달려가자 새뮤얼은 점점 멀어지는 꼬꼬댁 소리를 들으며 텃밭으로 향했다. 그는 돌담에 기대어놓은 칸막이 쳐진 플라스틱 상자를 들고 엊저녁 이후 들어왔을지도 모르는 거미나 곤충을 털어냈다. 텃밭 두둑을 따라 걸으며 그는 자신이 한 사람이 아닌 두 사람 몫의 채소를 따고 있음을 의식했다.

섬의 채소는 그가 어릴 적 살던 고장, 녹색의 따뜻함으로 기억하는 골짜기 자투리 땅에서 가족들이 키우던 채소와 달랐다. 골짜기에 살던 시절, 부모는 그에게 옥수수와 카사바와 케일을 심고 수확하는 방법을 가르치고 나무를 흔들어 망고와 코코넛을 떨어뜨리는 시범을 보여주었다. 그때 여동생은 아직 어머니 등에 업혀 다니던 아기였다. 새뮤얼이 바나나를 따서 주면 동생은 얼굴에 마구 문지르며 행복하게 빨아 먹었다.

지금 새뮤얼이 텃밭에서 키우는 채소는 선교학교 정원에서 자라던 채소와 더 비슷했다. 새뮤얼과 이웃 동네 사내애들은 매일 아침, 골짜기 끄트머리에 여러 동의 부속건물을 거느린 선교학교까지 걸어갔다. 소년들은 '하늘에 계신 우리 아버지'를 수없이 외었지만 그 소리는 너무도 제각각이었고, 서로를 잘못 이끈 기도문은 의미 없는 뒤죽박죽 소리로 변해 종종 단체로 매를 맞았다.

선교학교 정원 텃밭에서 소년들은 저마다 맡은 구역의 잡초를 뽑고 채소를 심어 수확해 먹었다. 황소 머리만 한 호박, 콜리플라워와 브로콜리, 모든 걸 분홍색으로 물들이다 못해 오줌 색깔까지 바꿔놓던 야릇한 자줏빛 뿌리채소 들이 자랐다. 소년들은 수확한 채소를 학교식당 문앞에 놓아두고 이튿날 점심시간에 받았다. 채소는 무작정 펄펄 끓여 거무죽죽한 곤죽으로 바뀌어 있었다.

새뮤얼은 부모와 선교학교에서 배운 대로 두둑을 깔끔하게 관리하고, 잡초를 제거하고, 채소는 그때그때 필요한 만큼만 수확하려 애썼다. 섬 토양은 모래가 많아 그는 지기를 북

돋워줄 천연 퇴비를 뿌렸다. 새들이 채소의 어린잎을 먹지 못하도록 아버지가 했던 것처럼 굵은 삼베 그물을 쳤다. 선교사들이 과제를 마치지 못한 소년에게 무조건 적용하던 방식도 따랐다. 해가 나 있는 동안 쉬지 않고 종을 흔들며 두둑 사이를 걸어 다니는, 움직이는 허수아비 노릇이었다.

골짜기에 살던 그 시절. 자로 잰 듯 일정한 간격으로 울리던 종소리, 초록 곤충들, 찬송가와 기도문, 너무 크고 무거워 한 아름 안아야 했던 호박, 입안 가득 문 음식, 성장 속도를 초 단위로 알려주던 정원의 종. 그 추억들은 이젠 더는 크지 못하고 아스라이 사라져 하나의 맛, 하나의 냄새로만 남아 있다.

새뮤얼은 바깥 수돗가에서 금속 물뿌리개에 물을 받은 다음 두둑을 따라가며 뿌렸다. 허리를 숙여 물이 충분히 스몄는지 손가락으로 흙을 찔러보았다. 저무는 참이어서 맨 끝 두둑에서는 흙의 축축함을 확인하고 잎사귀를 만지는 데 한참을 보냈다. 그가 허리를 펼 때 잡초가 눈에 들어왔다. 댑싸리였다. 섬에 처음 들어와 오두막 담과 등탑을 기어오르고 온 사방을 양탄자처럼 만들던 그 풀을 발견했을 때 그는 풀에게 질식초라는 이름을 붙였다.

"저 풀에는 무슨 짓을 해도 소용없을 거야." 전임 등대지기 조지프가 그에게 말했었다. "섬을 자네 의지대로 길들이려 너무 애쓰지 말게나. 섬은 제 좋을 대로 해버릴 테니까."

그럼에도 새뮤얼에게는 다른 계획들이 있었기에 첫해에 질식초 제거 작업에 집중했다. 하지만 보이는 대로 질식초를 뽑고 또 뽑아도 일주일이 지나면 껑충한 새 풀이 한 포기 이상 눈에 띄었다. 그리고 저기, 돌담의 돌멩이 두 개 사이에도 마치 초대받은 손님처럼 또 하나의 질식초가 자리를 잡으려 하고 있었다. 그는 이번엔 확실히 제거하리라 마음먹고 풀을 뿌리째 뽑아 수돗가 옆 그은 자국이 남은 시멘트 판상으로 가져갔다. 그곳에서 성냥을 그어 잡초를 지지기 시작했다. 배배 쪼그라드는 잡초를 지켜보며 다시는 잡초가 자라지 못하도록 큰 손상을 줄 거라 확신이 들 때까지 계속 지졌다.

새뮤얼이 결국 오두막에 다시 들어왔을 때, 남자는 죽어 있지 않았다. 오히려 남자는 바닥을 기어 소파까지 간 다음 소파 다리에 등을 기대고 앉아 있었다. 어떻게든 일어서려 애쓴 듯 두 팔은 소파 좌석 위로 걸쳐져 있었다.

　"이봐요, 대체……." 새뮤얼은 입술을 뗐지만 입이 말라 말이 나오지 않았다. 그는 침을 모았다가 꿀꺽 삼키고 입안의 긴장을 아주 조금이나마 해소한 다음 다시 시도했다. "당신, 뭐 하는 거요?"

　남자가 눈을 치떴다. 흰자위는 누리끼리하고 눈동자는 초점이 없었다. 남자가 뭐라고 내뱉었다. 새뮤얼이 모르는 말이었다. 그가 정확하게 듣지 못한 건지도 모른다. 새뮤얼이 한 걸음 내디뎠고, 남자는 같은 말을 반복하며 걸인처럼 두 손을 펼쳐 앞으로 내밀었다. 새뮤얼이 가족과 함께 도시로 강제이주된 어린 시절에 동생과 함께했던 손동작이다. 감옥에서 23년을 보내고 나와 다시 거리로 내쫓겼을 때, 중년의 나이에도 늙은이처럼 관절염에 걸린 손으로 했던 손동작이기도 하다. 그때 그에겐 기댈 자식도, 교차로를 오가는 차량 불빛들 사이에서 유령처럼 불쑥불쑥 튀어나오는 젊은 남녀들과 경쟁할 젊음도 없었다. 고기 꼬치, 바나나, 닭고기 튀김, 봉제인형과 나무 조각. 사방에 욕망이 넘쳤다. 항상 누군가는 팔고 누군가는 사고 있었으며, 그 모든 일이 뼈만 앙상한 개들이 쓰레기를 찾아다니는 차량들 사이에서 이뤄졌다.

남자가 다시 손을 움직였다. 이번에는 컵을 쥔 것처럼 손가락을 살짝 말아 입가로 가져갔다. 남자는 같은 단어를 다시 반복해 말했다.

"물?" 새뮤얼은 묻고 부엌에 들어갔다. 선반에서 손잡이 구멍이 두 개인 오렌지색 플라스틱 컵을 꺼냈다. 어린이 손에나 맞을 작은 컵이었다. 테두리에 잇자국이 나 있고 플라스틱 표면은 온통 벗겨져 있었다. 어느 날 해안가로 밀려왔을 때부터 그런 상태였다. 이제는 필요 없다며 누가 내버린, 혹은 잃어버린 걸 파도가 실어온 것이었다.

새뮤얼은 컵에 수돗물을 가득 받아 남자에게 건넸다. 손을 떨면서도 남자는 컵을 입가로 가져갔다. 남자가 요란스레 벌컥벌컥 마시자 물이 그의 가슴팍과 아직 축축한 반바지에 떨어졌다. 남자는 물 마시는 중간중간 컥컥 기침하고 콧물을 흘렸다. 남자의 코에서 입가로 말간 액체가 흘렀다. 남자는 콧물을 닦아낸 다음 손을 떨며 컵을 내밀었고, 거친 소리로 한 단어를 말했다. 물을 더 달라는 뜻이었다.

새뮤얼은 다시 부엌에 들어가 수도꼭지를 한껏 틀었다. 물이 하얗게 솟구쳤고, 물줄기에서 컵을 치웠을 때 컵은 반만 채워져 있었다. 그는 물을 다시 받아야 했다. 이번에는 마지막 한 방울이 컵에 찰랑찰랑하도록 천천히 받아냈다.

남자는 이번에도 벌컥거리며 물을 마셔댔지만 흘리는 양은 아까보다 적었다. 웬만큼 마셨는지 가는 손가락 두 개를 손잡이 구멍에 낀 채 손을 내렸다. 물방울이 카펫에 튀었다. 남자는 눈을 감고, 고개를 뒤고 젖히고, 입술을 핥고, 침을 초조하게 삼켰다. 그다음 두 눈을 차례로 하나씩 뜨고는, 새뮤얼을 쳐다본 다음, 무언가 말했다.

새뮤얼은 고개를 가로저었다. "무슨 말인지 모르겠어."

남자는 소파를 짚으며 일어서려 했다. 아무 소리도 내지는 않았지만 얼굴이 일그러지며 빛나는 치아가 드러났다. 새뮤얼은 멀찌감치 서서 지켜만 보았다. 저 몸을 다시 자기 몸 위에 얹고 싶지 않았다. 남자는 소파에 앉을 수 있을 만큼 몸을 일으켰다.

"옷이 젖었구려. 갈아입어야 해. 춥지 않소?"

남자는 그 말을 알아듣는 듯 고개를 끄덕였다. 그다음 몸을 조금씩 미끄러뜨려 소파 반대편 끄트머리에 고개를 댄 뒤 긴 상체를 젖히면서 누웠고, 잠에 빠져들었다.

날카로운 칼은 한 자루뿐이었다. 넓적한 나무 손잡이가 달리고 균형이 잘 잡힌 큰 칼이었는데, 어느 날 칼끝이 부러져 뭉툭해졌다. 새뮤얼이 여러 번 칼을 갈았지만 칼 모양은 점점 이상해졌다. 두툼한 아랫부분에서 위로 갈수록 얇아지다 갑자기 터무니없을 정도로 얇아졌다. 이 끝도 언젠가 또 부러질 것이다.

새뮤얼은 아침부터 콩을 담가두었던 냄비를 들었다. 콩은 크기가 커지고 말랑해지고, 헐거워진 콩 껍질이 물에 둥둥 떠 있다. 그는 물을 새로 갈려고 집에 있는 제일 큰 냄비를 찾아 개수대 밑 선반을 들여다보았다. 큰 냄비는 손이 닿지 않는 맨 뒤 먼지 앉은 자리에 있었다. 그는 큰 냄비를 물로 부시고 뚜껑을 닦은 뒤 물을 새로 받았다. 불린 콩을 큰 냄비에 옮기고 불에 올렸다. 콩은 세심하게 계량한 1인분이었다. 하지만 오늘 밤 2인분으로 늘어나야 할 것이다.

그는 새똥을 손톱으로 긁어내며 채소를 씻었다. 채소 하나하나를 돌려보며 벌레 먹거나 곤충이 들어간 구멍을 칼끝으로 깊게 도려내고 도려낸 부분은 나중에 물과 함께 씻겨나가도록 개수대에 던졌다. 그다음 수도에 기대둔 나무 도마를 집었다. 알싸한 양파 냄새가 훅 끼쳤다. 그동안 수없이 나무 도마를 벅벅 긁고 물로 씻어냈건만 양파 냄새는 끈질기게 사라지지 않았다. 양파 냄새는 그의 손가락에 전염되었다. 그는 껍질 벗길 채소를 손질한 뒤 모든 채소를 큼직큼직하게 썰어 단단한 것과 부드러운 것으로 분리했다. 조금 뒤 단단한 채소부터 냄비에 넣고 개수대 위 선반에서 소금통과 후추통을 꺼냈다. 둘 다 거의 바닥났다. 그는 남은 소금과 후추를 냄비에 탈탈 털고 나무 숟가락으로 저은 다음 빈 양념통을 제자리에 돌려놓았다. 내일 공급선이 새 물품을 싣고 올 것이다.

새뮤얼은 잠시 멈칫했다. 당혹스러웠다. 동물 배설물로 만든 퇴비를 가져다달라고 부탁한 것을 까맣게 잊었다. 퇴비와 섞을 토양을 미리 준비하는 것도 잊고 있었다. 날은 이미 어둑해졌고 이제 와 시작하기엔 너무 늦었다. 내일 아침 일찍 일어난다면 손쓸 시간이 있을지도 모른다고 그는 생각했다. 그다음 그는 머릿속으로 텃밭을 여러 구역으로 나누면서 칼로 허공을 벴다.

아니다. 기다리는 게 낫겠다. 남자가 떠날 때까지, 섬이 다시 그의 것이 될 때까지 기다릴 것이다.

스토브에서 스튜가 끓기 시작하자 새뮤얼은 부드러운 채소를 냄비에 넣었다. 조리대를 닦고, 채소 껍질은 닭 모이용 양동이에 던지고, 씨는 나중에 심을 생각으로 따로 치운 뒤 칼과 도마를 씻었다. 벌레 한 마리가 개수대 한쪽 귀퉁이로 열심히 기어오더니 이제 옆면을 타고 올라가려 하고 있었다. 새뮤얼은 그 방향으로 물을 뿌려, 먼저 죽은 다른 벌레들이 쓸려간 수챗구멍으로 벌레가 꿈틀대며 쓸려나가는 모습을 지켜보았다.

남자는 문간에서 이제 새뮤얼이 내준 옷을 입고 서 있었다. 축구 유니폼 저지는 깡총하고, 바지도 짧았다.

"먹으려오?" 새뮤얼이 물었다.

남자는 멍한 시선으로 새뮤얼을 마주 보았다.

새뮤얼은 자신의 배와 입, 스토브 위 스튜 냄비를 차례로 가리켰다. "배고프지?"

남자가 미소를 지었다. 고개를 끄덕였다.

새뮤얼은 테이블과 의자를 가리켰다. 그다음 거실 구역으로 들어갔다가 조금 뒤 자신이 앉을 양으로 다리 세 개짜리 스툴을 들고 돌아왔다. 오래전 나무 벌레가 파먹고 군데군데 페인트가 튄 스툴이었다. 그는 조리대에 있던 냄비 받침대를 테이블 가운데로 옮기고 주방용 장갑을 끼고 냄비 손잡이를 잡아 받침대에 올려놓았다.

새뮤얼은 멈칫했다. 접시가 하나뿐이었다. 매끼 이 접시 하나로 충분했고 지금껏 다른 접시를 쓸 일은 없었다. 사실 접시가 하나 더 있기는 하다. 이가 빠지고 금이 가긴 했어도 보기 좋으라고 거실에 전시해둔, 자선용품 상자에 담겨 이곳으로 온 금테 케이크 접시였다. 아기자기한 장식품들 사이에서 이 접시를 들어 올렸을 때, 새뮤얼은 이것이 이 나라 초대 대통령의 대저택, 손님 100명을 한꺼번에 수용하는 다이닝룸에서 빛을 폭포수처럼 쏟아내는 샹들리에 아래 테이블을 더욱 호화롭게 장식한 작품이라고 상상했었다.

"이것이 아프리카의 가능성입니다, 이것이 아프리카입니다!" 대통령이 신문사에 보낸 사진들과, 가난한 문맹자들이 사는 빈민가에 뿌린 전단지가 이렇게 선언했다. "우리는 식민주의자들 없이도 길을 잃지 않는다. 보라, 우리는 우리 힘으로 독립을 이뤄냈다!"

흑백 전단지였다. 당시에 만일 새뮤얼이 화려한 연회장의 식기 세트 양식을 알아볼 안목이 있었다면, 그 접시를 처음 보고 느낀 감동을 지금까지 기억하진 못했을 것이다. 하지만 그는 아버지에게 전단지를 가져다주며, 여기 아버지가 대신 싸웠던 대통령의 메시지가 있다고 말했던 걸 기억했다. 아버지는 만찬 식기를 '차이나'라고 불렀고, 그래서 그 접시가 섬에 들어왔을 때 새뮤얼은 접시에 그려진 그림이 먼 곳에 있는 '차이나'라는 나라라고 생각했다.

하지만 공급선 선원 중 한 명인 치멜루(그 상자를 보내준 사람이 자선단체 일을 하던 그의 아내 이디스였다)가 바로잡아주었다. "차이나china, 자기 그릇는 그 접시의 재질이에요. 여기 보세요. 차이나가 아니라 잉글랜드라고 쓰여 있을걸요." 치멜루는 접시 뒷면의 글자를 하나씩 짚으며 읽었다. "'서덜랜드 차이나', 이건 접시를 제조한 회사고요, 그리고 여기 있네요, '메이드 인 잉글랜드' 내가 말한 대로죠."

접시엔 흰색 바탕에 파란색으로 그려진 성이 있었다. 성의 우뚝 솟은 탑 그림을 보며 새뮤얼은 자신의 불 꺼진 등탑을 연상했다.

"건물들의 저 부분은 실제론 갈색일 겁니다." 치멜루가 새뮤얼의 어깨 너머에서 손가락으로 가리키며 말했다. "그리고 이건 잔디라는 건데, 부드럽고 짧은 진초록색 풀이죠. 앞에는 잔디가 깔려 있고, 아, 저건 호수인데, 낚싯배를 탄 작은 사내가 있네요. 꼭 샘 형님 같군요."

"난 배가 없는데."

"아니, 내 말은 저 사내도 혼자란 뜻입니다. 아마 왕이겠죠. 이곳에서 형님이 형님 방식으로 왕인 것처럼요."

새뮤얼은 접시를 들어 다시 찬찬히 살펴보았다. 호숫가를 따라 꽃들에 둘러싸인 잎이 풍성한 키 큰 나무들이 있었다.

"진심인데, 이거 아주 오래된 겁니다. 값나가는 골동품일 거예요. 아주 특별한 물건입니다." 치멜루가 말했다.

"아냐, 아냐." 또 다른 선원인 존이 말했다. "잘 알지도 못하면서 샘에게 아는 척하지 말게. 잘 봐봐, 바로 여기에 '대영 역사 기념물. 보스웰 캐슬'이라고 쓰여 있잖나. 이렇게 생긴 접시는 세상에 수천 개가 돌아다닐걸. 특별할 게 하나 없는 접시야."

"난 상관없습니다." 새뮤얼은 대답했고, 그날 저녁 철사로 만든 홀더로 접시를 벽에 고정시켰다.

새뮤얼은 그 접시엔 음식을 담아 먹지 않을 것이다. 대신 그는 콩을 불린 작은 냄비를 자신의 그릇으로 삼았다. 그는 음식을 두 사람 몫으로 나눠 담았다. 남자에게 검은 플라스틱 손잡이가 달린 긴 포크를 주고 자신은 양철 숟가락을 들었다.

남자는 허겁지겁 먹기 시작했다. 딱 한 번 음식이 맛있다고 알리려는 듯 배를 문지르며 씩 웃고는 다시 먹기 시작했다. 자기 몫을 다 먹자 남자는 더 달라며 접시를 내밀었다. 새뮤얼은 화가 솟았다. 그는 먹였다, 그렇지 않은가? 그는 의무를 다했다. 저 남자를 배 터지게 먹여야 한단 말인가?

그 순간 새뮤얼은 동생과 마주 앉았던 시간을 떠올렸다. 감옥에서 풀려나 동생을 찾아갔을 때, 지금 저 남자가 그와 함께하고 있는 것처럼, 그녀의 식탁에 앉아 둘이서 저녁을 먹던 시간. 그가 음식을 열심히 씹고 있는데 메리 마사가 쳐다보며 말했다. "맙소사, 오빠는 뭐가 그리 신났어? 도대체 눈치가 있는 거야 없는 거야? 놀고먹기만 하려는 입이 하나 더 늘었네."

그런데 지금 새뮤얼은 자신의 식탁 의자에 앉아 남자가 내민 접시가 못마땅해 인상을 찌푸리고 있었다. 그는 자신은 먹을 만큼 먹었음을 알리려 손을 살짝 들고 항복의 몸짓을 해 보였다. "마음껏 드시오. 다 먹어요."

남자는 그 말을 알아듣는 듯했다. 남자는 냄비를 살짝 기울여 자기 쪽으로 당겼다. 숟가락으로 음식을 퍼 접시로 옮기다가 조금 흘렸다. 남자는 흘린 음식을 얼른 손으로 집어 입에 넣었다. 냄비 바닥을 싹싹 긁고 나무 숟가락을 혀로 샅샅이 핥았다. 자신을 관찰하는 눈초리를 느꼈는지 순간 멈칫한 남자는 자기 배를 위아래로 가리키며 뭐라뭐라 말했다. 그러곤 소리 내어 웃으며 고개를 저었다. 제 나름 농담한 것이었다. 남자는 접시에 남은 음식을 한 손가락으로 싹싹 긁어 포크 위에 올렸다. 음식을 한입 가득 넣을 때마다 손가락을 쪽쪽 빨았다. 입술이 번들거렸다.

새뮤얼은 설거지를 하려고 일어섰다. 남자를 더 지켜보고 싶지 않았다.

설거지를 하며 새뮤얼은 냄비 바닥에 눌은 자국이 있는지 살폈다. 음식이 조금 눌어붙어 있었다. 아까 음식을 먹을 때 쓴맛을 느꼈고 공기에도 탄내가 어른거렸다. 하지만 냄비에 탄 자국은 없었다.

새뮤얼은 콧구멍을 벌름거리며 고개를 젖혔다. 분명 냄새가 있었다. 무언가가 탄, 혹은 타고 있는 냄새가 공기에 섞여 있었다. 하지만 탄내의 정체가 무엇인지는 알 수 없었다. 콧속이 간질거리며 재채기가 터질 것 같고 눈도 시큰해졌다. 배속이 울렁거렸고 그는 급박한 불안감에 사로잡혔다. 목구멍에서 역류한 시큼한 맛이 혀끝에 느껴졌다. 새뮤얼은 토하는 대신 그것을 꾹 삼키고 컥컥거렸는데 너무 무서워 돌아설 수도 몸을 꿈쩍할 수도 없었다. 그는 체중을 한 발로 옮기며 선반에 몸을 기댔다. 그는 냄새에 갇혀버렸다.

기억 저편에서 한 남자의 모습이 서서히 떠올랐다. 양복 차림에 콧수염을 기르고 모자를 무릎에 얹은 젊은 남자가 옆자리 열예닐곱 살 소녀에게 시끄럽게 떠들고 있었다. 남자의 목소리는 세 줄 너머 앉아 있던 새뮤얼에게까지 들릴 정도로, 도무지 연설에 집중할 수 없을 정도로 아주 컸다. 소녀는 얇은 입술에 립스틱을 바르고 작은 링 귀고리를 하고 있었다. 소녀는 목청 큰 남자로부터 고개를 삐딱하니 빼고 있었다. 불편하고 당혹스러운 이 순간을 누군가 관찰해 알아주길 바라는 것처럼 목은 거의 움직이지 않고 눈동자만 굴려 주위를 돌아보고 있었다. 새뮤얼과 시선이 부딪치자 소녀는 초조하게 미소 지으며 눈썹을 희극적으로 올렸다. 그동안에도 옆자리 남자는 여전히 계속 떠들어댔다. "……사람들이 왜 그런 이야길 하는지 알아요?" 소녀는 조용히 해달라는 뜻으로 고개를 가로저었지만, 남자는 이 몸짓을 계속 말하라는 신호로 받아들였다.

"사람들이 말하는 그 냄새, 빵이 탄 냄새는 죽기 직전에 맡는 냄새랍니다. 그래요, 그 냄새가 난다 싶으면 이제 세상 하직할 때가 됐다, 이 말입니다! 그래서 내가 이 모임이 안전하다는 걸 알았지. 여기선 그 비슷한 냄새도 나지 않거든. 우리가 현장 급습을 당할 일은 없다, 이 말입니다." 젊은 남자는 요란스레 깔깔 웃고 모자를 꼭 쥐고 다시 깔깔 웃었다. 새뮤얼에게서 두 자리 건너 앉아 있던 메리아가 의자에서 엉덩이를 살짝 떼며 식식거렸다. "그 입 닥치지 못하겠어? 이 자리에 엿듣는 놈이 섞여 있어."

떠오르는 옛 기억에 새뮤얼은 무릎이 살짝 꺾이며 싱크대 문에 가볍게 부딪쳤다. 그 일이 일어나고 있다. 새뮤얼이 죽어가고 있다. 일흔 살 나이에, 자신의 섬에서 생판 모르는 남과 함께 있는 심란한 상태에 타는 냄새가 그를 향해 다가오고 있는 것이다. 냄새는 점점 진하고 짙어져 그는 숨을 쉴 수 없었다.

새뮤얼은 다시 초록 골짜기의 소년이 되어 있었다. 하지만 초록 골짜기는 더는 짙푸른 장소가 아니었다. 초록빛 골짜기는 날름거리는 오렌지색과 검붉은색 불길에 휩싸였고, 농장과 집 들은 차례차례 파괴되고 있었다. 소총을 메고 군복을 입은 남자들이 더러운 흙길을 으스대고 다니며 땅에 심기고 세워진 모든 것에 불을 놓고 있었다. 집과 울타리와 빨랫줄이 불타고, 군인들이 저주와 조롱을 퍼부으며 장난치듯 군홧발로 발길질하는 사이 닭들도 불탔다. 다른 남자들은 칼과 마체

테, 혹은 손에 잡히는 날카로운 물건으로 가축의 목을 벴다. 염소들은 피를 쏟고 소들은 무릎이 꺾이며 서로 걸려 넘어졌다. 어디선가 당나귀 한 마리가 거슬리는 소리로 에, 에, 에 울더니 결국 울음을 멈췄다.

새뮤얼 가족은 도망쳤다. 불꽃과 재가 그들을 뒤쫓았다. 저 앞에서 늙은 여자가 앙상한 팔을 흔들며 집에서 뛰쳐나왔다. "살려줘! 내 집이 불타고 있어, 제발!"

새뮤얼의 아버지는 멈추지도, 늙은 여자 쪽을 돌아보지도 않고 계속 뛰었다. 새뮤얼의 어머니가 소리쳤다. "할머니, 나와요. 당장 떠나요. 우릴 따라 달리세요."

하지만 늙은 여자는 가장 가까운 남자에게 다가갔고, 그의 베이지색 셔츠를, 소총을 든 남자의 손과 소매를 잡아당기며 절규했다. 늙은 여자는 남자의 무릎에 간신히 닿을 정도로 몸집이 작고 왜소했다. "살려줘요." 그녀가 말했다. "살려줘, 살려줘, 살려줘요."

새뮤얼의 가족은 늙은 여자 옆을 이미 지나친 다음이었지만 새뮤얼이 뒤돌아봤을 때 늙은 여자는 얼굴 한가운데에 피를 흘리며 땅에 쓰러져 있었다. 새뮤얼은 도망치는 와중에도 늙은 여자의 턱이 딸깍 꺾이며 눈이 하늘로 향하는 걸 지켜보았다.

통역관은 귀에 선 밋밋한 억양으로 단호하게 강제 퇴거 명령을 전했다. 통역관은 주민들에게 골짜기의 경작지는 식민주의자의 재산이 되었다고 했다. "총독의 명령에 따라 너희는 원숭이들이 사는 산악지역으로 돌아간다. 이 땅은 이제 너희 게 아니다. 왕에게 영광을, 위대한 제국에 영광을."

처음에는 아무도 통역관의 말을 믿지 않았다. 어느 누가 그들을 움직이게 한단 말인가. 먼 옛날부터 조상 대대로 터전으로 삼은 이곳에서 몰아낼 수 있단 말인가. 하지만 얼마 지나지 않아 남자들이 왔다. 남자들은 누구도 이곳에 남을 수 없음을 적나라하게 보여주었다. 땅은 몰수되었다.

새뮤얼의 가족은 숟가락 하나 챙기지 못하고 맨몸으로 도망쳤다. 그들은 쉬지 않고 달렸다. 그의 어머니가 발이 채여 넘어지는 통에 업혀 있던 동생이 이마를 찧어 혹이 났어도 계속 달렸다. 내내 칭얼거리던 동생은 이제는 아파서 큰 소리로 비명을 질러댔다. 그럼에도 그들은 피와 침을 흘리면서, 불타는 골짜기의 시꺼먼 연기 구름에 쫓기며 저 앞 푸른 하늘을 향해서 앞으로 앞으로 쉬지 않고 달렸다.

도망치는 새뮤얼 가족을 기다리는 것은 이미 벌거숭이가 된 황무지와 마을뿐이었다. 메뚜기 떼가 휩쓸고 간 자리처럼 눈길 닿는 곳마다 파괴되어 있었다. 그들은 먹을 만한 것을 찾아 닥치는 대로 뒤지고 잎자루, 뼈, 도둑맞은 둥지를 뒤졌지만 끝내 주린 배를 잡고 밤을 새워야 했다.

사람들은 대개 묻지도 않고 가져갔고, 완력을 사용하는 자들도 많았다. 그들은 집을 부수고, 위협하고, 사람을 죽였다. 무리를 지어 마을에 몰려가 상점을 약탈하고 먹을거리와 콩자루를 들고 달아났다. 그들이 떠나면 그다음 사람들이 몰려와 그나마 남아 있던 잔해를 싹싹 긁어갔다. 땅콩 한 움큼도, 썩은 감자도 남아나지 않았다. 하지만 새뮤얼의 가족은 그러지 않았다. 아버지가 막았다. "우리는 우리 걸 빼앗겼다." 아버지가 말했다. "그런 우리가, 모든 걸 도둑맞는 게 어떤 건지 잘 알고 있는 우리가 어떻게 다른 사람들에게 똑같은 짓을 한단 말이냐?"

"아버지, 저기에 먹을 게 있고 우린 배고파요." 새뮤얼이 대답했다.

"그게 네가 내게 할 말이냐? 내가, 그리고 선교학교가 어떻게 가르쳤지? 남에게 대접받고자 하는 대로 너희도 그들에게 대접하라고 하지 않았니? 잊지 마라, 하느님은 늘 너를 지켜보고 계신다. 하느님이 계신 하늘이 아무리 높다 한들 그분은 모든 죄를 하나하나 알고 계신다."

"하지만 그저 나무에서 바나나를 따는 거잖아요. 딱 하나만. 우리 가족이 나눠 먹을 딱 하나만요."

아버지는 새뮤얼을 무시하고 발목이 다친 듯 절룩거리며 앞으로 걸어갔다. 왼발에 물집이 잡혀서 뒤꿈치만 간신히 디딜 수 있었다.

저녁이 되어서야 새뮤얼 가족은 한길에서 조금 떨어져 있는 나무 아래 앉았다. 동생이 어머니의 젖을 빠는 소리를 새뮤얼은 초조하게 들었다. 동생의 이마에는 보는 각도에 따라 색이 달라지는, 벌건 돌기 같은 혹이 나 있었다. 아버지는 동생 옆에서 눈을 감고 손깍지를 끼고 계속 기도문을 읊었다. 땅은 축축했다. 아기는 젖을 빨았다. 아버지는 웅얼거렸다. 새뮤얼의 허기는 신의 입에서 나온 것처럼 강력하게 그를 갉아먹었다.

불타던 골짜기의 기억이 부엌의 탄내를 몰아냈다. 이제 새뮤얼이 맡는 냄새는 음식 냄새였다. 그는 씻은 냄비를 물기가 빠지도록 옆 선반에 올려두었다. 손에서는 양파 냄새가, 발치에서는 양동이에 꼬불꼬불한 모양으로 들어 있는 채소 껍질 냄새가 날카롭게 올라왔다. 뒤쪽에서 씹고 쪽쪽 빨고 핥는 소리가 들렸다. 새뮤얼은 마음이 좀 누그러졌다. 그는 돌아서서 남자를, 손가락으로 싹싹 닦인 접시를 똑바로 응시했다. 만약 골짜기가 불바다로 변했던 그날, 누가 새뮤얼에게 음식을 주

었다면 그 역시 더 달라며 접시를 내밀었을 것이다. 배고픔에
서 달아나려는 남자를 새뮤얼은 비난할 수 없었다.

변소는 오두막 뒤, 바깥에 있었다. 한때는 부엌 쪽문에서 열 걸음 거리에 있어 더 쉽게 갈 수 있었을 것이다. 하지만 전임자가 그 문을 안에서 벽돌로 막아버린 탓에 문은 밖에서만 보일 뿐 여닫을 수 없었다. 녹슨 열쇠구멍에는 오래된 종이가 구깃구깃 박혀 있고 손잡이도 없었다. 창틀이 거의 떨어져나간 창문 자리에는 이 빠진 벽돌을 비뚜름하게 쌓고 시멘트를 두텁게 이겨 발라두었다.

새뮤얼은 복도에 걸어둔 묵직한 검은 손전등을 남자에게 보여준 다음 손전등을 켜고 등대를 지나 변소로 남자를 안내했다. 변소 문은 낮았으며, 중간쯤에 주먹만 한 구멍 두 개가 위아래로 나 있었다. 창문 없는 변소에 그나마 환기와 채광에

도움을 준 구멍이었다. 새뮤얼은 볼일을 볼 때 문을 잘 닫지 않았지만.

변소 바닥은 바깥 지면보다 살짝 꺼져 있었다. 새뮤얼은 남자의 어깨를 살짝 치며 내려설 때 조심하라고 경고해주었다. 단차 때문에 비가 내리는 날에는 변소 바닥이 빗물로 흥건해졌기에 새뮤얼은 벽돌 두 장을 어깨너비로 놓아두었다. 좁고 작은 공간이었다. 새뮤얼은 남자를 열려 있는 문 안으로 밀어넣은 다음 벽돌들의 용도를 알려주려 쭈그려 앉았다.

남자가 얼굴을 찌푸렸다.

새뮤얼은 남자를 묵살하듯 손과 고개를 저었다. 그날 밤은 비가 오지 않을 것이다. 문제가 될 일은 없었다.

벽돌들은 중앙에 구멍 세 개가 뚫려 있었는데, 구멍마다 거미가 들어 있다. 거미들은 변소 문 뒤와 변소 구석에도 살고 있다. 천장에 매달린 회색 거미줄은 꽤나 두툼했다. 키가 큰 남자는 천장에 머리가 닿자 고개를 살짝 숙이며 거미줄을 걷어냈다.

새뮤얼은 뒤집힌 통나무 위에 세워둔 두루마리 휴지 두 개를 가리켰다. 얇고 표면이 살짝 오톨도톨한, 제일 값싼 휴지였다. 새뮤얼은 휴지 한 장을 찢고, 변기를 가리키고, 다시 고개를 저으며 "안 돼, 안 돼, 안 돼" 하고 말하고는, 휴지를 구겨 다른 쪽에 있는 뚜껑 달린 쓰레기통에 가볍게 던져 넣었다. 휴지는 일주일에 한 번 모아서 태웠다. 남자에게 알려줄게 또 없을까 둘러보던 새뮤얼의 팔이 벽을 눌렀다. 칠이 벗겨진 회벽이 바스스 떨어지며 축구 유니폼에 걸리는 게 느껴졌다. 새뮤얼은 "아" 하며 남자에게 비켜서라고 손짓했다. 벽에 높이 고정해둔 물탱크에서 변기 왼쪽으로 사슬이 내려와 있다. 예전에 사슬고리 하나가 빠져서 철사를 구부려 끼워 수리한 부분을 손가락으로 가리켜 보였다. 그로서는 손을 뻗어도 닿지 않지만, 키가 큰 남자는 쉽게 닿을 테고, 날카로운 부분에 손이 끼일 수 있기 때문이었다. 새뮤얼이 사슬 끝에 달린 큰 고리를 세게 잡아당기자 물이 콰르륵 콰르륵 두 차례 내려가는 소리가 났다. 두 남자 모두 변기를 들여다보았다. 지붕 위 철제 탱크에 저장된 빗물과 하루치의 검은 오줌이 합쳐지며 쑥 내려갔다. 오수는 새뮤얼이 직접 판 도랑을 따라 흘러갔다. 섬의 지반이 단단해 똥오줌을 바다로 흘려 보내기 위해 파는 데만 몇 년이 걸렸던 큰 작업이었다. 물을 아끼려면 하루에 한 번만 내려야 하는데, 새뮤얼은 남자에게 그 말을 어떻게 해야 좋을지 몰랐고, 그래서 아예 그 말은 꺼내지 않았다.

세숫대야는 없다. 새뮤얼은 앞장서서 수돗가로 향했다. 수도꼭지에 해진 헝겊 주머니가 걸려 있고 그 속에 비누조각들이 들어 있다. 새뮤얼은 헝겊에 물을 적셔 양손으로 비벼 거품을 내고 얼굴과 손과 목을 씻어 보였다. 플라스틱 대야와 온수로 제대로 씻을 것까진 없었다. 남자를 씻기는 일은 그의 몫이 아니다.

치약도 칫솔도 없었다. 새뮤얼은 어릴 때도 그런 물건을 사용하지 않았다. 대신 그는 손가락에 재를 묻혀 이를 닦거나 잔가지를 부드럽고 넓적해질 때까지 잘강잘강 씹었다. 그가 치약을 처음 경험한 건 중년이 되어 교도소를 나와 동생 집에 찾아갔을 때였다. 열여섯 살이던 조카는 초록색을 칠한 손톱으로 코를 잡으며 그에게서 냄새가 나고 이가 커피 색이라고 불평했다.

"감옥에서 제 몸 하나 건사 안 하고 뭐 했어?" 메리 마사가 물었다.

"세면도구는 못 받았어. 옷은 가끔 세탁해주었지만, 다른 물건은 돈을 주고 사서 쓰거나 친구나 가족한테 받아서 쓰는 게 원칙이었어."

"그래서 내 잘못이다 이거야? 오빠가 기억할지 모르겠는데, 내겐 가족이 있었어. 부모님도 내가 모셨지. 흥, 당신 혼자만 고상하던 아버지, 그리고 자식도 둘이나 있었다고. 여기에 남편이 보여? 안 보이지? 왜냐하면 남편 같은 건 없으니까. 그런 존재는 처음부터 없었어. 그리고 또 오빠도 슬슬 알아차렸겠지만, 난 레시 일은 아직 입도 뻥긋하지 않았어. 오빠 자식을, 부모가 둘 다 범죄자가 되어버린 아이를 내가 거둬야 했다는 말은 꺼내지도 않았다고. 내가 레시를 맡지 않았음 누가 맡으려 했을까, 어느 누가? 오빠의 그 잘난 친구와 동지들? 절대 아니지. 그들은 코빼기도 안 비쳤어. 나였어. 레시를 거둔 사람은 나였다고. 그런데 오빠는 저기 앉아 치약이 어쩌니저쩌니 불평이나 하다니."

"아냐, 난 불평하는 게 아냐. 너는 할 만큼 했어." 그리고 나중에 새뮤얼은 목을 문지르며 욕실에서 나왔다. "목이 타는 것처럼 따가워, 원래 이런 거야?"

그러자 메리 마사가 말했다. "오, 맙소사! 설마 치약을 삼킨 거야? 아버지도 이 닦는 법은 알았는데. 아버지조차도!"

남자가 변소에 들어가자 새뮤얼은 앞마당으로 걸어갔다. 밤은 청명하고 별이 총총해 하얀 등대가 훤히 보였다. 등대가 가장 멋져 보이는 시간은 언제나 밤이었다. 낮에는 날씨에 시달려 웅크리고 망가진 듯 보이던 등탑은 이제 높고 웅장해졌고, 회반죽을 바른 벽은 은은한 빛을 발하며 장엄해 보이기까지 했다. 탑 꼭대기에서 나온 빛줄기는 섬을 넘어 고요하고 검은 바다를 지나 약 1킬로미터 떨어진, 바닷새들이 잠든 어두운 바위를 비추었다.

등대는 하나, 둘, 꺼지고, 하나, 둘, 꺼지는 리듬으로 불빛을 비추었다. 섬과 바다 위에서 고동치던 신호였다. 한편 만 너머 본토 항구의 빛은 붉었고, 그 붉은빛 너머에는 그곳이 도시임을 알리는 십만 개의 번쩍거리는 구멍들이 있었다. 도시는 시꺼먼 바다 위에서 아무 곳에도 이르지 못하고 끝없이 표류하고 표류하는 듯 보였다.

변소에서 남자가 기침을 했다. 새뮤얼은 남자가 저 안에서 얼마나 오래 있을까 궁금했다. 찬 바람이 불고 있었다. 바람은 창문 틈새와 만나거나 나뭇가지 사이를 지날 때 날카로운 휘파람 소리나 위이잉 울부짖으며 싸우는 소리를 냈다. 새뮤얼은 탑 옆에서 비스듬히 자라는 나무로 걸어가 고개를 숙이고 나무줄기에 바투 서서 오줌을 쌌다.

등대 불빛은 맥박치고 있었지만 새뮤얼은 불안했다. 빛줄기가 멎는 시간이 길었다. 아주 길지는 않았다. 1초 반. 2초. 약해지는 심장박동처럼 조금씩 느려지고 있었다. 기름칠을 할 때가 된 것이다. 새뮤얼이 등대 문 쪽으로 한 걸음 내디딜 때, 바람이 그를 채찍질하며 옷자락을 펄럭이게 했다. 그는 재킷을 당겨 내리고 무거운 걸음으로 오두막으로 되돌아갔다. 기계는 내일 손보면 될 것이다. 오늘은 너무 피곤했다. 몸이 욱신거렸다. 등대 계단을 오르는 상상만으로도 힘들었다. 일은 내일 하자. 내일.

아직 이른 시각이었다. 7시, 늦어야 7시 30분 정도. 그는 소파에 엉덩이를 대고 한숨을 내쉬며 고개를 뒤로 기댔다. 목덜미에 전에 없이 부드러운, 낯선 물질이 닿는 게 느껴졌다. 그는 손을 뒤로 뻗어 남자의 반바지를 쥐어 앞으로 가져왔다. 반바지는 소파 등받이에 아무렇게나 뭉쳐져 박혀 있었다. 짙은 색의, 혹은 한때는 짙은 색이었을 반바지는 이제 석탄 색으로 바래고 군데군데 소금 결정이 묻어 있었다.

마음 같아선 반바지를 부엌 쓰레기통에 던지고 싶었다. 다음 쓰레기를 태우는 날에 같이 태우면 그만이다. 대신 그는 끙끙거리며 일어서서 부엌 구석에 있던 양동이를 가져와 물을 반쯤 채웠다. 세제를 둔 선반에서 한쪽 모서리를 찢어 개봉해둔 찬물용 분말세제를 꺼냈다. 양동이에 분말을 조금 넣고 손으로 첨벙거려 거품이 일게 했다. 반바지를 물에 넣자 반바지가 부풀며 떠올랐다. 그는 한 손을 양동이에 넣어 떠오른 반바지를 거푸 밀어 넣으며 비누거품이 팔을 타고 올라오고 물이 회색 구정물이 될 때까지 주물러 빨았다.

소금기와 모래가 웬만큼 녹고 떨어졌겠지 싶어서 그는 구정물을 개수대에 버리고 깨끗한 물에 반바지를 헹궜다. 빨래를 바깥에서 말리기에는 바람이 너무 심한 날이라 있는 힘껏 비틀어 짠 다음 벽에 박힌 못에 걸어두고 양동이를 받쳐 떨어지는 물방울을 받았다.

남자가 통로에서 손전등을 본래 자리에 돌려놓고는 깍지 낀 손에 입김을 호호 불며 거실로 들어왔다. 남자의 머리칼은 축축하고 번들거렸다. 새뮤얼이 담요를 내밀자 남자는 그걸 받아 망토처럼 어깨에 둘렀다. 그다음 소파로 다가와 새뮤얼 옆자리에 앉아 몸을 부들부들 떨었다. 새뮤얼은 자리에서 일어나서 물을 끓여 차를 두 잔 만들었다.

두 사람은 어색하게 나란히 앉아 차를 호호 불고, 후루룩 마시고, 다시 호호 불었다. 조금 뒤 새뮤얼이 일어나서 텔레비전 스위치를 켰다. 위잉, 지지직거리는 소리가 났지만 화면은 곧 회색이 되었고 그는 텔레비전을 다시 껐다.

"고장이 났군. 미안하오." 새뮤얼이 말했다.

홀로 보내는 저녁시간에 새뮤얼은 가끔 비디오를 동료 삼아 켜둔 채 성긴 바늘땀으로 옷을 수선하거나 연장상자를 만지작거리거나 손볼 물건들을 고치곤 했다.

남자는 뭔가 도움이 되고 싶은 듯 소파에서 엉거주춤 일어서려 했다. 새뮤얼의 눈치를 살피며 잠시 기다렸지만 새뮤얼이 선반에서 옛날 잡지 몇 권을 집어 내밀자 도리질하며 도로 앉았다.

새뮤얼은 잡지들을 원래 자리에 다시 놓았다. "하긴 읽을 만한 게 하나도 없긴 하지."

남자는 계속 차를 홀짝홀짝 마셨다.

"치멜루라는 사람이 있는데, 내일 그가 공급선을 타고 오면 당신도 만나게 될 거요. 이 잡지들은 그 사람의 부인이 보내준 것들이라오. 자선물품 가게에서 팔리지 않는 걸 내게 보내주곤 하지. 요즘 사람들은 비디오를 보지 않으니까. 유행에 한참 뒤진 구닥다리 잡지도."

남자는 머그를 커피 탁자에 내려놓고 담요로 어깨를 더 단단히 여몄다.

새뮤얼은 쿨럭쿨럭 기침을 한 다음 선반에 꽂힌 비디오 테이프의 등을 쓸었다. 무슨 말을 하려고 입술을 떼다가 말을 삼키고 대신 잡지 한 권을 꺼내 표지가 보이지 않게 뒤집어 들었다. 그것들, 조국에서 만든 이런 영화와 잡지 들이 새뮤얼은 너무나 실망스러웠다. 영화와 잡지에 등장하는 사람들은 지금 그의 소파에 앉아 있는 남자만큼이나 낯설기만 했다. 선글라스를 끼고, 문신을 하고, 비단 옷을 두르고, 번쩍이는 금붙이를 치렁치렁 달고, 조잡하고 상스럽게 줄임말을 쓰고 온갖 쌍욕을 내뱉는 사람들. 그들은 닿을 수 없는 것을 모방하려 애쓰는 뻣뻣한 마네킹 같았다. 영화 속 세상은 애인과 댄스클럽과 마약과 불법 밀거래로 가득했다. 마치 역사 같은 건 없는 것처럼. 과거에 일어난 모든 일은 이 나라가 아닌 다른 세상에서 일어난 일, 다른 사람들이나 기억하고 있는 일인 것처럼.

그러나 새뮤얼은 풍요와 반짝거림의 매혹을 조금 알고 있었다. 도시에 도착해 양복 차림에 머리에는 포마드를 바른 남자들을 보았을 때 풍요와 반짝거림이 어떤 힘을 발휘하는지 알았다. 모퉁이에 서서 구걸하는 동안 그는 거리를 활보하거나 정류장에 줄지어 서 있는 사람들을 눈여겨보았다. 목청 높여 이야기하며 서로에게 고개를 갸웃거리는 사람들. 혼자 있을 때면 보란 듯이 신문을 펼쳐 읽다가 금세 식식거리며 고개를 절레절레 흔들고는 신문을 부러 요란하게 넘겨 적당한 크기로 접던 사람들. 새뮤얼 가족이 살던 빈민가에는 가발과 싸구려 새틴 원피스로 멋을 낸 여자들이 스타킹이나 핀으로 고정하는 귀고리를 선물받으려고 제 발로 으슥한 골목에 들어가 벽에 짓이겨지는 걸 마다하지 않았다. 이런 행동은 새뮤얼에게 의미 있는 선택으로 보였다. 그런 행동이 중요해지기 시작했다. 어느새 새뮤얼은 아버지의 기도를, 어머니의 화장기 없는 민낯과 촌스러운 옷차림과 두피에 달라붙도록 쫑쫑 땋은 지저분한 머리타래를 부끄러워하고 있었다.

부모의 세계는 진작 그들 뒤에서 소멸되었다. 그리고 새뮤얼은 여기, 도시의 회색 교차로에서 동생과 '마마 블루'로 불리는 눈먼 여자와 나란히 구걸하며 지나가는 사람들을 관찰하고 있었다. 신문지처럼 칙칙한 배경 위에서 사람들은 아련한 은백색으로 빛나는 듯 보였다. 묵직한 대형 자동차에는 흰 양복을 입은 남자들과, 손수건을 코에 댄 흰 얼굴의 부인들이 타고 있었다. 다스리고 질서를 잡으라고 왕실이 보낸 사람들이었다. 오토바이 경호원들이 그들이 탄 자동차에 붙어 다녔다. 경호원들은 오토바이를 몰지 않을 때는 높으신 귀부인과 상관들의 짐을 나르면서 따라오는 거지들을 밀치고 욕을 퍼부었다.

버스 정류장에 늘어선 사람들 사이로 원주민 아이들이 뛰어다니고 있었다. 식민주의자들의 명령에 따라 다양한 방식으로 강제 이주되거나 고아가 된 아이들이었다. 아이들은 소매치기를 하고, 자동판매기를 털고, 길바닥에서 아직 꺼지지 않은 담배꽁초를 주웠다. 새뮤얼은 그림책을 보는 아이처럼 그들을 관찰했다. 그는 먼지와 배기가스에서 벗어나 색과 소음이 가득한 페이지 속으로 걸어 들어가는 게 어떤 느낌일지 생각했다. 차창을 머뭇머뭇 두드리고 손을 내밀어 푼돈을 구걸하는 대신, 저들처럼 겁 없이 행동한다면 어떤 느낌일까. 어린 동생과, 백태 낀 눈으로 하늘을 올려다보며 오늘은 비가 내려 하루치 벌이를 공치고 굶주리지 않을까 점을 쳐보던 이 빠진 여자와 남이 먹다 버린 사과를 나눠 먹지 않아도 된다면 어떤 느낌일까.

적막에 잠긴 늦은 오전, 맞은편 버스 정류장에서 소년 무리 중 한 명인 도그로 불리는 소년이 휘파람을 길게 불었다. 도그와 친구들은 망보는 사람이 없는 틈을 타 배달 트럭에서 오렌지 자루를 통째로 훔쳤다. 그들은 주머니칼로 자루를 잘라 전리품을 나눠 먹기 시작했다. 새뮤얼이 자기들을 지켜보는 걸 눈치챈 도그가 휘파람을 불더니 말했다. "이리 와."

새뮤얼은 움직이지 않았다.

"오라니까. 우리가 너한테 할 말이 있거든."

새뮤얼은 거리를 건너가 소년들 앞에 말없이 섰다.

"너, 이런 거 먹어봤냐?" 도그가 말하며 오렌지 한 알을 들었다.

새뮤얼은 고개를 저었다.

"너 오늘 재수 참 좋다. 왜냐, 내가 너한테 하나 주려고. 잘 봐, 껍질은 이렇게 까야 해." 그는 이로 오렌지를 깨물어 껍질을 조금 뜯어낸 다음 나머지는 손으로 잡아 찢었다. "랩스, 쟤한테 하나 줘."

얼굴과 손에서 오렌지 즙을 뚝뚝 떨어뜨리던 한 소년이 받기 좋게 오렌지를 던졌다. 그러나 새뮤얼은 놓쳤다. 오렌지는 포장도로를 데굴데굴 굴러 배수로로 떨어졌다. 새뮤얼이 몸을 돌려 오렌지를 집어 동생에게 돌아가는 동안 소년들은 깔깔 웃어댔다.

새뮤얼은 먼저 오렌지를 코에 대보았다. 냄새가 날카로웠다. 그는 동생에게 오렌지 냄새를 맡게 한 다음 마마 블루에게 주라고 말했다. 마마 블루는 오렌지 냄새를 한참 맡고는 그에게 돌려주었다.

"이게 뭐야?" 마마 블루가 물었다.

"오렌지라네요. 그 애가 그렇게 말했어요."

"그 애가 누군데?"

"거지 애들 중 하나죠."

"오, 그럼 그 말 그대로 믿진 못하겠네. 거리를 쏘다니는 저런 애들이 뭘 알겠니. 학교 근처에도 못 가봤을 텐데."

"아줌마는 학교 다녔어요?"

"아니. 내가 어렸을 땐 학교가 없었단다."

메리 마사가 새뮤얼의 팔을 잡아당겼다. "우리 이거 먹을 거야?"

새뮤얼은 도그가 했던 대로 껍질을 베어 물었다. 무섭도록 쓰디썼다. 그는 소년들이 자기를 지켜보며 웃고 있는지 확인하려 뒤를 돌아보았다. 소년들은 오렌지 껍질에 파묻혀 있었다. 새뮤얼이 오렌지를 천천히 까자 껍질이 미세한 물보라를 뿜었다. 오렌지 알맹이는 알알이 나뉘어 있었다. 그는 그것들을 삼등분해 각각의 맨 첫 오렌지를 각각 내민 입에 넣어주고 자기도 하나 삼켰다. 황금빛 향연이었다. 황금빛 촉촉함. 오렌지를 더 달라고 말할 용기가 있으면 좋겠다 싶었다.

며칠 뒤, 도그가 다시 새뮤얼을 불렀다.

"이리 와, 꼬마야. 우리가 너랑 할 말이 있거든."

새뮤얼은 메리 마사에게 "여기서 기다려"라고 말하고 길을 건넜다.

"앨버트 스트리트에 있는 극장에 갈 건데, 너도 갈래?"

"난 돈 없어. 못 가."

"우리라고 돈이 있겠냐?" 도그가 낄낄 웃었다. "뒷구멍으로 몰래 들어갈 거야."

"내 동생은 어쩌고?"

"걘 너무 어려. 마마 블루한테 맡겨둬. 어린 계집애가 딸려 있으면 장님 여자도 혼자일 때보다 돈을 더 벌지."

미국 갱스터 영화였다. 흑백 영화임에도 그가 보던 총천연색 책의 페이지가 눈앞에서 생생하게 살아 움직이는 것 같았다. 그때부터 새뮤얼은 영화 속 배우들의 억양을 흉내 내고 대사를 외워 소년들 앞에서 특정 장면들을 재연했다. 공원에서 그는 벤치에 누워 잠든 사내한테서 모자를 훔쳐 쓰고는 챙 밑으로 빼꼼 내다보며 으스대며 걸었다. 주머니에서 손가락 총을 꺼내 적을 쏘듯 소년들을 차례차례 쏘아 쓰러뜨렸다. 그에게 '미국인'이라는 별명이 붙었다. 그는 어울려 다니는 무리 말고도 다른 소년들에게도 자주 불려나가 공연을 펼쳤다.

거리를 어슬렁거리는 게 새뮤얼의 일상이 되었다. 그는 동생을 온종일 떼어놓아 혼자 구걸하게 두었다. 동생이 이 사실을 부모에게 일러바치지 못하게 훔친 과자로 뇌물을 먹여가며 집도 가족도 없는 소년들과 어울려 도둑질과 부자 놀이를 하며 놀았다.

도시는 이미 쉰내를 발산하고 있었다. 거대한 열기를 가둔 흐린 하늘, 절대 느려지지도 줄지도 않는 차량들.

새뮤얼의 부모는 일자리나 삯일을 찾아 거리를 돌아다녔지만 일거리를 잡는 날은 극히 드물었다. 가끔 그들은 잡화점 밖이나 대형 쇼핑몰에서 구걸했다. 운수가 정말 나쁘면 아버지는 교회 밖에 서서 수치스럽게 구걸해야 했다. 그는 낯선 이들이 던져준 동전에 고개를 주억거리고 동전이 짤랑이지 않도록 손에 꼭 쥔 채 교회로 들어가 기도했다.

어느 날 새뮤얼의 아버지는 교회를 나설 때까지 한 푼도 벌지 못했다. 집으로 가야 했지만 빈손으로 걸음이 떨어지지 않았다. 그는 집이 아닌 아무 데나, 저무는 해가 만든 타는 잿빛 속을 정처 없이 걸었다. 갑자기 길 건너 어느 집 바깥에 몰려 있는 남자들이 그의 눈을 사로잡았다. 못해도 마흔 명은 될 법한 남자들이 힘찬 몸짓에 낮은 목소리로 이야기하고 있었다. 남자들이 집으로 들어가자 그는 그들 틈에 끼어 작은 복도를 지나 앞에 있는 방으로 들어갔다. 벽과 마루에 오래된 얼룩이 묻어 있고 최근 공간을 넓히려 했는지 가구들을 옮기다 긁힌 흔적도 있었다. 이미 많은 남자들이 무릎을 가슴팍에 당긴 채 바닥에 앉아 있었다. 새뮤얼의 아버지는 하우스보이 유니폼 차림의 남자 옆에 앉았다. 앞에는 양복 차림의 남자와 비누 냄새와 기름 냄새가 풍기는 푸주한이 앉아 있었다.

그 첫날 모임은 새뮤얼의 아버지가 훗날 종종 이야기하는 중요한 장면이 되었다. 그는 말수가 없는 사람임에도 남은 세월 잊을 만하면 그날의 일을 일종의 부활이나 기적의 날처럼 묘사하곤 했다.

"난 몰랐다." 새뮤얼의 아버지는 이렇게 운을 떼곤 했다. "그 집에 있던 그 첫 시간엔 말이다, 그들이 무슨 말을 하는지 몰랐어. 말소리야 분명 들렸지만, 그 소리가 내게 어떤 의미가 될지 몰랐어. 그래도 난 자리에 남아 열심히 귀를 기울였지. 그들은 말했고, 그들의 말이 계속될수록, 글쎄 어떻게 표현하면 좋을까. 뭔가 느껴졌어. 여기 그리고 여기에서." 그는 자신의 목과 손을 가리켰다. "나는 그들이, 그들의 말이 옳다는 걸 알았다. 진심으로. 내가 정의를 알게 되었다는 것, 그 하나만이 중요했어."

다음 날 오후 새뮤얼의 아버지는 그곳을 다시 찾아갔다. 문은 닫혀 있었다. 그는 문을 두드리고 가만히 귀를 기울였고, 그다음 누군가의 한숨 소리가 났고, 한숨 소리는 마루를 건너 다가오는 발소리로 바뀌었다. 문을 연 사람은 젊은 남자였다. 남자가 동그란 안경을 밀어 올리며 말했다. "무슨 일이시죠?"

새뮤얼의 아버지는 남자 뒤로 보이는 안쪽을 살폈다. 가구는 모두 제자리로 돌아와 있었다. 쿠션들이 놓인 나무 벤치 두 개. 의자 네 개와 등받이 없는 스툴 몇 개. 캐비닛 하나.

"오늘은 모임이 없습니까?" 새뮤얼의 아버지가 물었다.

"오늘은 없습니다. 수요일과 토요일 저녁에만 모입니다."

또 다른, 나이 지긋한 남자가 멀리 있는 문을 나와 방으로 들어왔다. 그는 고개를 숙이고 책을 읽고 있었다. 새뮤얼의 아버지는 그가 모임의 지도자임을 알아보았다.

"또 궁금한 게 있습니까?" 젊은 남자가 말했다.

젊은 남자의 목소리에 늙은 남자가 책에서 눈을 떼고 새뮤얼의 아버지를 쳐다보았다. 부드럽게 미소 지었다. "무슨 일로 오셨습니까?"

"이분이 모임이 궁금한 모양입니다." 젊은 남자가 말했다.

"저는 어제 이곳에 왔었습니다."

"오늘 또 모임이 있을까 싶어서 찾아오셨군요?"

"그렇습니다."

"못 할 이유는 없죠. 당신과 나, 둘만의 모임을 가져도 좋은 일이죠. 들어오십시오. 커피 드시겠습니까? 당신이 어떤 생각을 가진 분인지 궁금합니다."

새뮤얼의 아버지는 망설였지만 그때 늙은 남자가 예상치 못한 일을 했다. 읽던 페이지가 아래로 가도록 책을 캐비닛에 내려놓은 것이다. "느닷없이." 새뮤얼의 아버지는 그때 일을 이야기할 때마다 흉내를 내곤 했다. "그분이 날 위해 읽던 책을 내려놓았어. 자신이 한창 몰두하던 일은 전혀 중요하지 않다는 듯. 내가 책보다 더 흥미로운 대상이라고 확신하는 모습이었어."

그날 이후 오랫동안 새뮤얼의 아버지는 틈만 나면 첫 방문과 두 번째 방문의 순간들을 되짚으며 책이 치워지고 자기가 집 안으로 들어가기까지 일어난 일들을 자세하게 말했다. 그러면서도 그 뒤에 어떤 대화가 이어졌으며 방문 중에 무슨 일이 일어났는지에 대해서는 일절 말하지 않았다.

다음 토요일이 되었을 때 새뮤얼의 아버지는 기도와 구걸 대신 모임에 나갈 준비를 했다. 그는 다른 일에 대해서는 거의 말하지 않았다. 그런데 단칸방 집을 나설 때가 됐는데도 아버지는 꾸물거렸다. 옷을 매만지고 보이지도 않는 기름 얼룩이 있다며 아내에게 불평했다. 금요일 밤 거리에서 떠드는 주정뱅이들 때문에 잠을 설쳤다면서 이마를 짚었다. 딸에게 커피를 가져오라고 해놓고 정작 가져오자 잔을 밀어냈다. "내가 지금 나가려는 거 안 보이냐? 그딴 거 마실 시간 없다."

그러면서도 새뮤얼의 아버지는 여전히 집을 나서지 않았다. 그는 벽에 박힌 못 두 개에 걸려 있는 거울 조각 앞에 서서 얼굴을 이리저리 돌리고 고개를 들었다 숙이기를 반복했다. 거울에 비친 모습이 마음에 들지 않았다. 얼굴 표정이 굳어 있었다. 그는 눈썹을 올리고 이마를 찌푸리고 입술을 내밀며 이런저런 표정을 연습했다.

새뮤얼은 집에 있었다. 열여섯 살인 그는 지난밤 마신 술의 숙취로 밥도 먹지 않고 종일 고생하고 있었다. 그럼에도 그가 말했다. "저도 따라갈까요?"

"이 녀석 좀 보게! 이제껏 꾸물대다가 내가 집을 나서려하니 따라가고 싶다네. 널 기다릴 시간 없다. 지금 떠날 거니까 따라오고 싶으면 당장 나와. 난 늦고 싶지 않다." 말은 이렇게 했어도 아버지는 새뮤얼이 옷을 갈아입고 세수할 때까지 기다려주었다.

늑장을 부린 것치고는 제시간에 도착할 수 있었다. 아버지는 새뮤얼이 구역질이 나고 등에 식은땀을 흘릴 정도로 빠르게 걸었다. 새뮤얼은 아버지를 따라 사람들이 꽉 들어차 그들의 입과 몸에서 나온 열기가 진득한 방으로 들어갔다. 두 사람 모두 같은 벽에 등을 기댔고, 아버지는 주변 사람들에게 고개를 까닥여 인사했다. 벽은 오랫동안 감지 않은 듯한 기름진 머리 냄새에 절어 있었다. 새뮤얼은 고개를 살짝 돌리고 눈을 감고는 머릿속 욱신거림이 가라앉기를 기다렸다. 연설이 시작되었고, 딱히 주의를 기울이지 않았음에도 새뮤얼은 공간 전체가 일순간 조용히 가라앉고 아버지가 숨을 멈추는 걸 알아차렸다. 다음 순간, 갑작스레 그의 얼굴로 말들이 쏟아지고 주변에서 웅얼거리는 소리가 나기 시작했다.

"다른 나라들은 독립을 쟁취하고 있습니다." 누가 말했다. "왜 우리는 독립하면 안 됩니까?"

새뮤얼은 눈동자를 굴렸다. 이전에도 사람들이 소리 죽여 이런 대화를 하는 걸 들었다. 버스 정류장에서, 시장에서 가게 주인들과 손님들이 속닥이던 대화들. 한번은 공원에서 한가로이 벤치에 앉아 시간을 죽이고 있을 때 지나가던 두 남자한테서도 들었다. 그중 한 명은 지팡이를 짚은 노인이었다. "난 내 부족의 일원일 뿐이오." 노인이 말했다. "그런데 1934년이 되자 우리는, 그러니까 영토 전체에 살고 있던 사람들 모두는 같은 이름 아래 있는 한 부족이라는 말을 들었소. 알겠지만, 난 다른 부족을 반대하는 게 아니라오. 다른 부족도 착하고 바른 사람들이지. 우리 사이엔 아무런 미움이 없소. 그렇지만, 그렇다고 그들이 내 부족인 건 아니오. 타지 사람이지. 제아무리 지도에 우리가 누구라고, 어느 지역에 있다고 나오더라도 이것은 옳지 않소. 누구도 우리에게 그 내용이 맞느냐고 묻지 않았소."

"그 지도를 봤습니까?" 다른 남자가 물었다.

"오, 봤지요. 어떤 사람이 내게 보여줬다오. 글씨와 그어진 선이 다더군요. 길을 찾는 데 이용할 만한 건 눈곱만큼도 없더이다."

아버지는 새뮤얼 옆에서 전율하며 찔끔찔끔 앞으로 나아갔고, 이제 그와 벽 사이에 사람 한 명이 앉을 정도의 공간이 생겼다. 아버지는 손발을 까딱거리고, 입술은 한 단어를 반복해 말하면서 집중해 듣고 있었다. 새뮤얼은 다시 눈을 감고 선 채로 깜빡 졸았다.

조금 뒤 새뮤얼은 선잠에서 깼다. 목이 뻐근했다. 공간이 좁은 탓에 갑갑한 움직임으로 목을 문지르며 그는 짧은 삼각형 수염을 기른 남자가 말하는 걸 지켜보았다. "학교에서, 교회에서, 선교사들은 온유한 사람들이 나라를 얻는다고 가르칩니다. 우리는, 우리 모두는 온유했는데 우리의 온유함이 우리에게 무엇을 가져다줬습니까? 우리는 우리 땅과 우리 자신을 잃었습니다. 우리는 온유함으로 서구와 서구인들의 가치와 이상을 다 받아들였습니다. 그들의 가치와 이상을 무작정 받아들여 우리 자신을 부끄러워할 지경이 되었습니다. 우리가 우리 자신을 부끄러워하게 된 것, 이것이 온유함이 준 결과입니까?"

부끄러움. 새뮤얼에게는 거의 의미 없는 단어였다. 그가 부끄러워할 무슨 짓을 했단 말인가? 그는 '미국인'으로 불렸다. 가족에게 필요한 것은 무엇이든 훔치거나 흥정해서 마련할 수 있었다. 그에겐 친구와 숭배자가 있고, 원하면 언제라도 여자들을 만날 수 있었다. 모든 게 좋았다. 부모님이 도시 생활에 더 잘 적응했더라면, 그를 당혹시키는 옷차림과 생활 방식을 바꾸고 융통성 있게 세상살이에 나섰더라면 참 좋았겠다고 바랐을 수는 있다. 그런 바람이 뭐가 잘못인가? 그런 바람이 부끄러워할 짓인가?

하지만 여기 이 섬에 들어와 기부받은 비디오와 잡지들을 보면서부터 새뮤얼은 먼 옛날 그 남자의 연설이 이해되기 시작했다. 잡지 표지를 장식하는 남자들과 여자들, 그리고 영화의 진부한 줄거리와 번쩍거리는 옷에서 새뮤얼은 부끄러움을 보았다. 아버지의 영혼을 전율하게 한, 그래서 그가 독립운동에 뛰어들게 만든 게 이것이었나? 결국 독립운동이 성공해 식민주의자들이 떠났을 때, 그들이 말했던 새로운 출발이 겨우 이것이었나?

나라가 독립했을 때 아버지는 심각한 신체장애를 입었음에도 승리의 기쁨을 만끽했다. 들고 갈 수 없는 책상이며 의자, 전구, 의약품, 전화까지 식민주의자들이 남김없이 파괴했는데도 아버지는 이 파괴를 옹졸한 행위나 폭력으로 보지 않았다. 아버지는 새뮤얼이 거리로 옮겨둔 의자에 큰 머리와 앙상한 몸을 힘없이 기대고 앉아 지나가는 사람들에게 손을 흔들며 이렇게 말했다. "새로운 시작입니다! 이제 시작입니다!"

독립한 나라에서 달아나는 사람들을 태운 비행기들이 며칠 동안 머리 위를 날아다녔다. 수도에서는 대통령 당선인이 벌써 조각상과 분수 하나를 세우라고 주문했고, 자신의 새 관저를 설계하는 데 열심이었다. 그러는 동안 저 아래에서 사람들은 늘 그래왔듯, 무너진 돌무더기를 뒤지고 있었다.

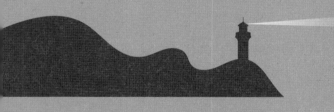

AN ISLAND

둘째 날

잠에서 깼을 때 새뮤얼은 온몸이 뻐근하다고 느꼈다. 그는 힘겹게 몸을 일으켜 앉았다. 팔과 손목과 어깨가 욱신거렸다. 등허리는 콘크리트처럼 굳고, 허벅지는 돌처럼 딱딱했다. 그는 낮은 침대의 가장자리를 짚으며 두 번이나 일어서려 했지만 실패했다. 마침내 일어섰을 때는 힘을 다 써버려서 고개를 들 기운조차 남지 않았다. 그는 잠시 선 채로 발부리를 내려다보았다. 발톱이 두껍고 까맸다. 몇 개는 깎기 힘들 정도로 살을 파고들었다.

따뜻한 밤이면 새뮤얼은 맨발로 소파에 앉아 한쪽 다리를 앞에 두고 손을 뻗기도 했다. 그는 발톱을 조금 쩬 다음 잡아 뜯고는 했다. 너무 밭게 뜯어 종종 피가 날 때도 있었다. 발톱이 살을 파고들면 발가락에 염증이 생겨 고름이 차고 부풀었다. 그런 날 장화를 신으면 걸음을 뗄 때마다 상처가 눌리는 것을 의식하며 절룩절룩 걸어야 했다.

오늘 아침에 보니 내향성 발톱이 세 개나 되었다. 양쪽 엄지발가락과 오른발 가운뎃발가락이었다. 발을 소금물에 담가야 할 터였다. 따뜻한 물이 제일 좋겠지만, 물을 데울 생각을 하니 귀찮았다. 주전자에 물을 채우고 성냥을 그어 스토브에 불을 붙이고 대야도 날라야 한다. 이 모든 준비 과정을 그 남자가 보는 앞에서 해야 한다. 안 돼, 일이 너무 많아. 대신 그는 해변으로 걸어가 얼음처럼 찬 바닷물에 발을 담그고 냉기에 통증을 잊을 때까지 서 있기로 했다. 하지만 그것도 너무 힘들어 보였다. 신발을 벗고 양말을 벗고 바짓자락을 말아 올리는 일. 그러고 나서 몸을 의지할 의자도 없이 바짓자락을 내리고 양말을 신고 신발을 신을 일이.

그는 어젯밤 입은 채 잠든, 짝이 맞지 않는 트레이닝복을 벗고 발을 끌며 옷장으로 가, 어스름 속에서 손끝으로 옷가지를 훑었다. 먼저 티셔츠와 축구 유니폼 저지를 입었다. 속옷과 바지와 양말은 침대로 가져가 앉아서 입고 신었다. 손가락이 붓고 굼떠 힘들었다. 마지막 양말 한 짝을 정강이까지 올린 후 온기가 아직 남아 있는 시트 위로 미끄러지듯 다시 누왔다. 볼에 시트가 닿자 그는 한숨을 내쉬었고, 발바닥이 바닥에서 살짝 들리는 느낌과 동시에 잠이 들었다.

새뮤얼이 다시 눈을 떴을 때도 창밖은 여전히 회색빛 약속만을 보여줄 뿐이었다. 바깥에서 닭들이 야단스럽게 울고 있었다. 닭들을 먹여야 했다. 아까보다는 일어서기가 수월했지만 몸이 여전히 뻣뻣하고 아팠다. 이토록 힘든 건 오랜만이었다. 죄수 호송 트럭 뒤에 탔던 그날 이후 처음인 것 같았다. 그때, 50명 남짓한 죄수들은 도심에 있는 유치장에 일주일 동안 갇혀 있다가 당시만 해도 도시 외곽에 있던, 최고 수준의 보안을 자랑하는 갓 완공된 교도소로 이송되었다.

피 흘리고 멍들고 눈이 퉁퉁 부은 죄수들이 찢긴 옷을 입은 채 이송되었다. 땀과 일주일 치 오줌과 똥에 범벅되어 이 모든 것이 한데 썩어가는 냄새가 트럭 바깥까지 진동했다. 상

처는 곪아 고름이 차고, 군데군데 치아가 빠질 때 찢긴 잇몸
은 부채꼴 모양으로 부어 있었다. 이 여정이 언제 끝날지 아
무도 알지 못했고, 울퉁불퉁한 도로를 흔들리며 달릴 때마다
죄수들은 서로 부딪치고 짓이겨져 가축처럼 헉헉거렸다.

새 교도소는 규모가 어마어마했다. 어찌나 엄청난지 착공
하자마자 왕궁이란 별명이 붙었다. 사람들은 완성된 교도소
의 규모와 그 건물이 앞으로 품을 수많은 복도와 감방들을 어
림짐작했다. 하지만 곧 높은 벽과 강철 문들이 세워졌다. 아
무도 장벽에 다가가거나 교도소 규모를 측량하거나 높은 곳
에서 공사 진척 상황을 조감할 생각조차 하지 못했다. 그것
은 바보도 하지 않을 짓이었다. 이 교도소가 독재자의 명령으
로 세워졌다는 건 굳이 설명할 필요조차 없었다. 독재자는 자
신의 반대자들, 정적들, 신경을 거스르는 성가신 사람들을 한
명도 빠짐없이 교도소에 가두길 원했다.

새뮤얼은 가능한 한 조용히 거실을 빠져나가려 애썼다. 걸
음을 옮길 때마다 무릎이 삐걱거렸다. 공간에서는 다른 사람
의 체취, 다른 몸과 하룻밤을 같이 지낸 다음 날의 낯선 냄새
가 났다. 남자는 한껏 웅크려 작아진 몸으로 소파 위에 누워
있었다. 남자의 숨소리는 고르고 깊었다.

복도에 다다른 새뮤얼은 신발을 신으려고 몸을 숙이다가

끙, 하고 신음을 삼켰다. 평소에는 소파에 앉아 신발 끈을 묶었지만 지금은 그럴 수 없었다. 문을 열자 차가운 아침 공기가 얼굴에 닿으며 나뭇잎과 소금기, 습도가 내뿜는 첫 냄새들이 훅 끼쳤다. 새뮤얼은 양말만 신은 발로 자갈 섞인 흙을 밟으며 등대 문으로 이어지는 바깥 계단으로 향했다. 등대 바깥 계단은 세 개였다. 그는 가운데 계단에 앉아 양말에 묻은 흙을 털었다. 신발 끈을 묶고 다시 마당을 향해 걷기 시작하는 그의 발소리는 해변을 부수는 회색 파도에 잡아먹혔다.

닭들이 평소처럼 수선스럽게 새뮤얼을 반겼다. 그는 모이통이 있는 곳으로 가 곡물을 퍼서 바닥에 흩뿌린 다음 모이를 조금 들고 대충 만든 어리 안에서 그때까지 얌전히 앉아 있던 늙은 암탉에게 갔다. 그는 늙은 닭을 쓰다듬고 다정한 목소리로 얼렀고, 닭은 서럽게 꼬꼬댁 응답했다. 조금 뒤 그는 암탉을 어리 밖에 놓아주고, 암탉이 키 낮은 관목까지만 가서 그 아래 앉는 걸 지켜보았다.

나머지 닭들은 재빠르게 텃밭 쪽으로 달려갔다. 새뮤얼은 닭들을 따라갔다. 당장은 작물을 뽑을 생각이 없다. 그는 남자가 떠날 때까지 기다릴 것이다. 남자가 떠난 뒤 여유롭게 작물을 수확해 맛있는 점심을 만들어 먹고, 그다음엔 개운하게 낮잠도 잘 생각이다. 잠자는 것. 혼자가 되는 것. 그리고 다시 잠자는 것. 그것이 그의 바람이다.

텃밭 끄트머리에 닿은 새뮤얼은 마른 돌담에 몸을 기대다가 돌멩이가 그의 체중에 눌려 부서지며 떨어지는 걸 느꼈다. 바다는 저 아래에서 쉼 없이 움직이고 있었다. 파도는 하얀 원뿔 모양으로 일어났다가 흰 포말을 날리며 떨어졌다. 한편 번들거리는 큰 바위들이 있는 해안에서는 파도가 갈색 거품으로 모여들었다. 가까이에 있는 돌제부두 위에는 제비갈매기 한 마리가 바람에 맞서 잔뜩 웅크리며 어두운 윤곽을 만들고 있었다. 섬 가장자리를 따라 두른, 제방이라 부를 법한 청회색 돌담은 벌써 약한 부분이 무너져 있었다. 일부는 떨어져 물에 닿아 색이 짙어졌고 나머지는 깔끔한 선에서 삐져나온 덩어리처럼 돌담에 걸려 있었다. 새뮤얼은 고개를 절레절레 저었다. 허물어진 돌담을 보수하려면 오늘 종일토록 저 돌을 옮기고 다른 돌들을 부숴야 할 터였다. 낮잠 잘 시간은 없을 것이다.

새뮤얼은 오두막으로 돌아가 입구 안쪽에 기대둔 대형 해머를 들었다. 묵직한 해머 무게에 양팔이 뻐근해지자 새삼 나이를 절감했다. 해머에도 기억이 서려 있었다. 그날 아침 그를 향해 돌진하던 기억, 애써 잊어버리는 게 최선일 기억이 쉼 없이 해안을 때리는 파도처럼 달려들었다.

'왕궁'에서 맞이한 첫날. 고함치는 경비들의 감시 아래 트럭에서 비틀거리며 기어 내려올 때의 고통. 교도소 마당에 쏟아지던 한낮의 강렬한 햇빛에 눈을 깜빡거리던 일. 가지치기로 모양을 낸 나무들이 큰 화분에 심겨 입구 양편에 늘어서 있었다. 베이지색 제복에 베레 군모를 쓴 남자가 밖으로 나왔다. 남자의 겨드랑이에는 땀자국이 얼룩졌고, 눈썹과 입술에 그보다 더 많은 땀이 흐르고 있었다.

"제기랄, 하사, 내 방 천장 선풍기 좀 고치라고 해. 저 안은 찜통이라 숨을 못 쉬겠군." 그는 호송 책임자인 상병들을 불러 말했다. "죄수들을 당장 노역장으로 데려가. 도중에 죽은 놈은 없겠지?"

군인 둘이 트럭 구석을 확인했다. "없습니다, 대령님."

대령은 서류로 얼굴에 부채질을 하며 당장 선풍기를 고치라고 재차 말하고는 죄수들이 창문 하나 없는 넓은 복도로 인도되는 광경을 지켜보았다. 페인트칠이 안 된 복도는 아주 새것이었고, 발밑에서 치우지 못한 시멘트 부스러기 밟히는 소리가 났다. 천장의 막대 모양 형광등은 1초 혹은 3초마다 위협하듯 깜빡거렸다. 복도 끝에서 죄수들은 고대부터 지금까지 버텨온 듯 보이는 아주 큰 쇠창살 문을 지나 어마어마하게 넓은 운동장으로 들어섰다.

운동장에는 회색 돌무더기가 일정한 간격으로 쌓여 있었다. 돌 한 무더기마다 남자 죄수 한 무리가 할당되었다. 죄수들은 대형 해머로 돌을 부수었는데, 달아나지 못하도록 다리가 사슬로 서로 연결되어 있었다. 높은 장벽과 사방에 무장경비들이 서 있어 탈출 가능성이 전혀 없는데도.

노역장으로 들어설 때, 새뮤얼은 바위를 내리치는 쇳소리에 귀가 쪼그라들 것만 같았다. 그럼에도 그는 목을 길게 빼고 까치발을 디디며 몸을 앞으로 기울였다. 저 멀리까지 오로지 남자들만 보였다. 여자들은 다른 곳에 있는 모양이었다. 그는 메리아가 어떻게 되었는지 알지 못했다. 메리아는 탈출했을 수도 있고, 어쩌면 다른 곳으로 보내졌는지도 몰랐다. 그럼에도 그는 그를 체포한 사람들이 협박하고 고문하는 고문실에, 그의 옆에 메리아도 억압되어 있는 것만 같았다.

"우린 네 마누라를 죽일 거야." 그들이 말했다.

"그녀는 내 아내가 아닙니다."

"네 자식의 어미, 네가 같이 사는 여자. 그걸 마누라라고 안 부르면 뭐라 부를까?"

"그녀는 내 동지입니다."

얼굴에 여드름 흉터가 얽은 남자가 새뮤얼의 뺨을 때렸다. "동지, 마누라, 창녀. 그게 그거지."

새뮤얼은 묶여 있는 의자에서 몸을 똑바로 폈다. 피 냄새가 났다. 아주 설핏하지만 공포를 맛보기엔 충분했다. 공포에 전 새뮤얼은 메리아가 지금 옆에 있는 것처럼 느껴졌다. 다음 순간, 다른 모든 것은 멀어지고 흐릿해지고, 메리아의 웃음소리만이 떠올랐다. 그녀를 만나 말을 걸었던 초기의 깔깔거리는 웃음소리. 그는 그때까지도 R 발음을 과장하고 모음을 길게 발음하며 미국인 흉내를 내려 애썼었다.

"자기 발음이 어떤지 알아?" 메리아가 말했다. "어린애도 아니고…… 왜 그딴 소리를 내는 거야?" 그러고는 몸을 돌려 두피가 드러나도록 짧게 깎은 뒤통수를 보이며 그에게서 멀어졌다.

그다음 들려온 것은 몇 달 뒤에 두 사람이 처음으로 같이 잤던 날의 웃음소리였다. 메리아는 새뮤얼의 어깨를 토닥이며 말했다. "이젠 내 몸에서 내려가도 돼." 그녀는 담뱃불을 붙이고 연기를 후 내뿜었다. "자기, 꼭 처음 하는 숫총각 같더라."

그것이 체포가 새뮤얼에게 가져다준 것이었다. 사람들에게 들었던 명예나 자부심은 어디에도 없었다. 체포는 그에게 오직 굴욕의 기억과 모든 것이 이대로 계속되리라는 느낌만을 가져왔다. 모든 과거와 모든 미래가 여기, 벗어날 수 없는,

오줌으로 흥건한 이 자리에서 시작되리라는 느낌이었다.

　그들이 때리려고 다시 다가왔을 때, 새뮤얼은 비명을 지르고, 그들이 알고 싶어하는 것을 말하고, 이름과 장소 들을 대고, 모르는 질문에는 지어내서 대답했다.

　얼굴이 얽은 사내가 히죽 웃었다. "이딴 것도 남자인가? 이따위 겁쟁이가 자신의 적이란 말을 들으면 독재자 나리도 기가 막혀 웃으시겠어."

새뮤얼은 코를 훌쩍이고 소매로 윗입술을 닦았다. 남쪽에서 불어오는 얼음장 같은 바람에 아침 공기가 한결 차가워져 있었다. 그는 맞바람을 받으며 눈을 감았다. 피로감이 깨어나 다시 몸에 감돌았고, 대형 해머의 무게감이 양손에 묵직하게 전해졌다. 그는 천천히 해머를 내려놓았다. 해머가 모래를 누르는 사각거리는 느낌에 화들짝 놀란 그는 눈을 떠 아래를 내려다보며 발가락으로 힘껏 모래를 밟았다. 죄수들의 노동으로 단단하게 다져진 교도소 노역장이 떠올랐다. 단단한 땅은 내리치는 해머를 반동시켜 죄수들의 팔을 떨리게 했다. 아스라한 옛날에 느꼈던 그 진동이 다시 찾아온 것만 같아 새뮤얼은 해머 자루를 꽉 움켜쥐었다. 하지만 아니었다. 나무로 된 자루는 고요했다. 그의 몸뚱이만이 그 진동을 기억할 뿐이었다.

피로감이 꼭 살아 움직이는 것 같았다. 그를 파고들어 그
의 육체를 장악하려는 생명체. 그것이 거의 눈에 보이는 듯
했다. 거무스레한 그림자 하나가 그의 주변 시야에 들어왔다.
그는 눈을 깜빡이고 몸을 돌려 그것을 기어코 보려고 했다.
자루를 쥔 손이 스르르 풀리고 해머가 바닥에 떨어졌다. 그는
몸을 휘청거리며 고개를 들었다. 그는 그림자를 보았다. 그림
자가 오두막 입구에 어둠을 드리우며 조금씩 앞으로, 앞으로
나오고 있었다. 새뮤얼은 다시 눈을 깜빡였다. 남자였다. 남
자가 그에게 다가오고 있었다.

남자는 새뮤얼을 발견하자 한 손을 불필요하다 싶게 높이 흔들며 벙긋 웃었다. 새뮤얼은 그보다 낮은 배 높이에서 손을 저어 화답했다. 남자 귀에 닿지 못할 거리이지만 낮은 소리로 웅얼거렸다. "좋은 아침이오."

남자는 새뮤얼 앞에 와서는 다시 벙긋 웃고 해머를 손가락으로 가리키며 휘두르는 시늉을 했다. 그러고는 고된 작업을 표현하듯 이마에 있지도 않은 땀을 닦고 정성스레 숨을 헐떡여 보였다.

"맞아요." 새뮤얼은 대꾸하고 동의한다는 뜻으로 남자와 똑같이 이마를 닦았다.

남자는 조사하는 듯한 시선으로 아침 풍경을 찬찬히 둘러

보았다. 그러고는 조금 전처럼 과장된 몸짓으로 어깨를 으쓱 올리고 숨을 깊이 들이쉬었다가 만족스럽게 내뱉었다. 남자는 경치를 둘러보라는 몸짓을 한 다음 '좋다' 혹은 '아름답다'로 읽힐 법한 손동작을 해 보였다.

둘은 잠시 침묵 속에 서 있었다. 새뮤얼은 흠흠 목청을 가다듬으며 해머 머리 부분에 발가락을 댔다. 남자는 두리번거리더니 가슴 위로 팔짱을 끼고 입술과 몸을 푸르르 떨었다.

"복도에 재킷이 있소." 새뮤얼이 말했다. "아무거나 몸에 맞겠다 싶은 걸로 입으시오." 남자는 새뮤얼을 말끄러미 쳐다보았다. "내가 직접 보여주는 게 더 낫겠군."

새뮤얼은 오두막 쪽으로 한 걸음 옮겼다. 하지만 남자가 그를 막아섰다. 남자는 새뮤얼의 가슴에 한 손을 얹었다. 새뮤얼은 자신의 심장박동이 빨라지는 걸 느꼈다. 남자는 아주 가까이 있었다. 남자의 입냄새가 풍기고 갈라진 입술 주름과 넓은 콧등의 땀구멍까지 보일 정도로 가까웠다. 남자는 그를 그 자리에 붙들어놓고 무슨 말인가를 했다.

"당신이 뭘 원하는지 모르겠군." 새뮤얼이 말했다. "뭐라 말한 거요? 원하는 게 뭐요?"

남자는 하얗고 큼지막한 이를 보이며 웃었다. 새뮤얼의 가슴에서 손을 거둬 자기 가슴을 가리키더니 손바닥으로 심장

부위를 철썩 때리며 한 단어를 내뱉었다. 남자는 같은 단어를 천천히, 그때마다 가슴을 때리며 두 번 반복해 말했다. 그는 공들여 이질적인 발음을 들려주었고, 그 과장된 발음은 어린 아이를 재미있게 해주려고 으르렁거리는 연극의 한 장면처럼 들렸다.

새뮤얼은 한숨을 내쉬었다. 그는 이해했다. 이름이었다. 남자의 이름. 그는 똑같이 발음해보려 애썼다. "응······." 그가 입술을 뗐다.

남자가 첫 음절을 다시 발음했다.

"응그?"

남자는 새뮤얼에게 계속해보라는 듯 고개를 끄덕이며 같은 단어를 되풀이했다.

"으그쉬······." 하지만 새뮤얼의 입술은 그 소리를 낼 수 없었다. 그는 도리질을 치고 자신이 낸 시끄러운 소리를 지우려는 듯 허공에 손사래를 쳤다.

남자는 구부린 손가락으로 모래 위에 쓰려 했다.

"소용없소." 새뮤얼이 말했다. "난 글자를 못 읽소. 한때는 띄엄띄엄이나마 읽을 줄 알았는데. 하지만 그건 아주 옛날 일이고. 이젠 하나도 기억나지 않아." 그다음 새뮤얼은 자기 가슴을 가리키며 이름을 말했다. 남자가 미소 지었다.

"새―뮬." 남자가 따라했다. "새―뮬."

새뮤얼은 고개를 끄덕였다. 남자는 새뮤얼의 어깨를 잡고 다시 미소 지었다. "새―뮬."

그때 엔진 소리가 났다. 두 남자는 바다 쪽을 보았고 본토 쪽에서 천천히 다가오는 공급선을 발견했다.

남자가 새뮤얼의 어깨에 얹은 손을 힘주어 눌렀다.

"아니, 무서워하지 말아요. 저 사람들이 당신을 구해줄 거요. 당신을 돌봐줄 거요. 안전한 곳으로 데려가 제대로 된 음식과 옷을 줄 거요. 당신은 여기 계속 있을 수는 없소."

"새―뮬." 남자가 말했다. 목소리가 낮았다. 남자는 고개를 절레절레 흔들었다. 눈동자를 굴리는 얼굴 표정이 공포로 일그러졌다. 남자는 두 손을 모으며 꿇어앉았다. 그러고는 새뮤얼을 올려다보았다. "사려주." 남자가 말했다. "사려주, 사려주, 사려주." 그 말이 "살려주세요"임을 새뮤얼이 부정할 수 없을 때까지 계속 말했다. 새뮤얼이 어딘가에서 들었던 그 문장, 어딘가에서 배웠던 그 말뜻, 그 소리가 지금 절박하게 되돌아오고 있었다. 남자의 애원에서, 그 단어를 사용하는 간절함에서 새뮤얼은 자신의 공포를 인식하고 있었다. 긴긴 세월 몸에 지니고 다녔던 공포. 교도소에서, 그리고 그 이전에도, 그리고 석방된 후에도 여전히 계속되던 그 공포. 그가 죽고 말리라는 그 공포.

"그럼 이리 와요, 나와 같이 갑시다. 얼른, 서둘러요."

새뮤얼은 앞장서 등대 바깥 계단 세 개를 올라가 묵직한 등대 문을 열고 흐릿한 조명이 비치는 서늘한 실내로 남자를 밀어 넣었다. 그는 계단통을 가리켰다. "올라가, 저리로 올라가!" 남자는 첫 계단부터 발을 헛디디는 바람에 기다시피 앞으로 나아갔다. 새뮤얼은 등대 문을 닫고 열쇠를 돌리려 했지만 열쇠가 말을 듣지 않았다. 억지로 잠그려 하자 뻑뻑하게 걸리고 손가락에 녹이 묻어났다. 입술이 바짝바짝 타 들어갔다. 그는 주변 시야에 다시 들어온 그림자를 향해 눈을 깜빡이며 돌제부두를 향해 걸어갔다.

새뮤얼이 돌제부두에 도착했을 때 배는 이미 정박해 있었다. 두 명의 선원 중 젊은이인 윈스턴이 배에 밧줄을 묶고 있었다. 응원하는 축구팀의 붉은색 줄무늬 티셔츠를 입었고, 양쪽 이두박근에 자녀 네 명의 이름과 생일을 새긴 문신이 있었다. 윈스턴은 존이 은퇴한 2년 전부터 공급선 일을 해온 젊은이였다. 치멜루는 자기 아들임에도 윈스턴을 여전히 미숙한 신참으로만 여겼다.

윈스턴은 이어폰 음악 소리에 맞춰 고개를 까닥거리며 새뮤얼에게 싱긋 웃었다. 치멜루는 손을 크게 흔들며 소리쳤다. "안녕하셨어요? 저쪽 돌담이 무너졌던데요." 그가 가리켰다. "보셨어요? 며칠 일이 많으시겠습니다."

"분명 간밤에 무너졌을 걸세." 새뮤얼이 말했다.

"시멘트를 같이 쓰셨어야죠. 제가 몇 년 동안 누누이 말씀 드렸잖아요, 시멘트를 발라야 한다고요. 지난해 저희 집 확장 공사를 할 때 쓰고 남은 시멘트가 아마 반 포대쯤 있을 겁니다. 한번 찾아보고 다음에 올 때 갖다드리죠. 그냥 한번 써보시고 시멘트가 얼마나 좋은지나 알아보시라고요."

윈스턴은 짐을 내릴 준비를 하러 갑판 아래로 사라졌다. 윈스턴이 부르는, 가사도 음정도 제멋대로인 노랫소리가 울려 퍼졌다.

"저 소릴 들어보십시오. 자기가 팝스타가 될 줄 알고 저런답니다. 도시에서 이런저런 노래 대회가 열린다는데, 윈스턴은 자기가 거기서 일등을 할 줄 알더라고요." 치멜루는 고개를 절레절레 흔들었다. "열심히 정직하게 일하는 게 언제부터 부끄러운 일이 되었는지 정말 알고 싶습니다." 치멜루가 아래쪽을 향해 소리를 질렀다. "세상 사람 모두 유명해지고 부자가 될 순 없어! 누군가는 땀 흘리며 일을 해야 한다고!"

새뮤얼은 고함 소리를 외면하고 싶은 듯 몸을 돌려 물과, 하늘에 분홍빛 줄을 긋는 구름들과, 천천히 떠오르는 태양을 바라보았다.

"이건 다른 이야기인데요." 새뮤얼의 시선을 눈으로 좇으며 치멜루가 말했다. "날씨 말입니다. 내 생각엔 매년 이맘때의 보통 날씨 같은데, 그렇지 않나요?"

"그래, 내가 보기에도 정상이야."

"그런데 항구에서 일하는 쳅이 말하길, 물고기들이 찾아올 때가 되었는데 오지 않는다는 거예요. 조류가 께름직하다나, 예측할 수가 없다나? 잘 기억나지 않네요. 아무튼 쳅이 자기 그물에 상어 한 마리가 걸렸다고 말한 것과 그 상어가 오랫동안 먹지 못해 반 아사 상태였다고 말한 건 똑똑히 기억합니다. 과거에 그런 일이 있었던가요? 난 아니라고 하겠습니다. 그런 적이 있었다고 생각하지 않아요. 시절이 하수상합니다. 사람들은 올해처럼 어획량이 나쁜 건 살아생전 처음이라고 말하고 있어요."

"사람들은 해마다 그렇게들 말해요, 아버지." 갑판 아래서부터 상자 하나를 어깨에 메고 올라오며 윈스턴이 말했다. "사람들은 내가 꼬맹이였을 때도 그렇게 말하더니, 아직도 똑같은 말을 하고 있다고요."

"누가 네 의견 물어보더냐? 왜 물건을 내리지 않는 거냐? 여기서 그만 지껄이고 물건이나 얼른 내려라." 치멜루는 새 뮤얼에게 눈동자 굴리는 시늉을 했다. "요즘 젊은것들이란. 존경심이 없어요. 그리고 젊은 애들 하는 일은 온종일 지켜봐야 합니다. 그래도 윈스턴은 착한 녀석입니다. 제 나름은요. 내가 10년만 가르치면 두루두루 쓸 만한 일꾼이 될 겁니다." 그는 돌제부두 위로 올라와 새뮤얼과 악수를 했다. "괜찮으세요? 어째 얼굴이 피곤해 보입니다."

"피곤하지 않네, 난 괜찮아. 자네는 어떤가?"

치멜루는 모자를 벗어 뒷주머니에 구겨 넣었다. "내가 무슨 불평을 하겠습니까? 불만 없습니다. 가족 모두 건강하겠다, 하느님께 감사할 일이죠. 에시가, 기억하실지 모르겠지만 윈스턴의 둘째 딸 말입니다. 전에 사진도 보셨잖아요, 아무튼 에시가 돌아오는 토요일에 간호학교에서 연극을 한답니다. 대사는 딱 한 줄이고요. 그 한마디 때문에 이디스가 두 주 동안 밤낮으로 에시의 무대의상을 바느질하고 있답니다. 스팽글 백만 개에 리본이며 반짝거리는 작은 장식들을 달아야 하죠. 이디스는 바느질하지 않을 땐 집을 나가 교회에서 나오는 숙녀들을 하나하나 붙들고 꼭 와주십사 하며 표를 팔고 있어요. 에시는 대사 연습을 한다면서 온종일 머리빗을 마이크처럼 쥐고 집 안을 돌아다니고요. 난 그 애 입에서 나오는 말은 하나도 못 알아듣겠어요. 그래도 귀엽긴 참 귀엽습니다. 윈스턴! 상자들은 어디 됐냐?"

"아버지 바로 앞에 있잖아요. 이젠 두어 개만 더 나르면 됩니다."

치멜루는 마치 자신이 직접 상자들을 준비한 양 생색을 내며 말했다. "그래서 말인데요, 샘, 늘 그 물건이 그 물건 같지만, 이번 세제는 신제품이랍니다. 이디스가 신제품이라고, 특별 공급이라고 장담했어요. 마음에 들지 않으면 제게 말씀만 하세요, 아셨죠? 그리고 부탁하신 천연 퇴비도 가져왔습니다. 빌어먹을, 냄새가 어쩌나 고약하고 독한지 이걸 뿌리면 온 사방이 역겨운 냄새로 진동할 겁니다. 퇴비를 털어버리니 속이 다 시원하네."

치멜루는 판지 상자 하나를 들어 올리며 말했다. "이건 이디스가 가게에서 팔던 물건들이라며 따로 싸줬습니다. 아니, 제가 나르겠습니다. 걱정 말아요. 윈스턴! 물건 다 내렸냐?"

"네, 아버지."

"그럼 냉큼 오두막으로 달려가 차부터 끓여라! 차를 끓인 다음엔 여기 있는 상자들 전부 오두막으로 나르고."

새뮤얼은 윈스턴에게 다가가 "아니, 오늘은 곤란하오, 어서 가요, 제발, 날 혼자 내버려두시오" 하고 말하고 싶었다. 하지만 그저 턱을 당기며 손을 주머니에 넣고 등대 열쇠를 꼭 쥐고 그 온기를 느꼈다. 치멜루 옆을 천천히 지나갈 때 다리가 고통스럽게 뻐근했다.

치멜루가 말했다. "의회에서 난리가 났다는 이야기 들었습니까? 아니지, 들으셨을 리가 없지, 그렇죠? 아, 그러니까 난장판이 따로 없었답니다. 엉망진창 혼돈이었죠. 예서 제서 부패 스캔들과 사기 행각이 터지고, 야당들은 의사당에서 농성을 하고요. 이게 딱 지난 열나흘 새 일어난 일입니다. 종국에는 군대를 보낼 수밖에 없었는데, 그게 또 빌어먹을 난리였죠. 정말 그런 난리가 없었습니다. 내 말은, 형님 같은 분은 그런 소식을 듣느니 차라리 죽는 게 낫다고 생각했을 거란 말이죠. 형님은 독재자에게 맞서 그 긴 세월을 감옥에서 고생했는데, 이제 우리가 군대를 다시 불러대고 있으니 말이죠. 그리고 이런 말 드리게 돼 유감입니다만, 솔직하게 알려드리죠. 거기, 그러니까 육지 사람들 말입니다. 많은 이들이 그 시절을 그리워한답니다. 네, 네, 맞아요, 그 시절 우리는 겁에 질려 있었죠. 난 그 시절이 두렵지 않았다고 말하는 게 아닙니다. 하지만 그때는 적어도 질서가 잡혀 있었고 범죄 천지는 아니었죠. 이제는 그저 혼돈입니다."

두 사람이 곳에 다다랐을 때 치멜루는 잠깐 말을 멈추고 가슴에 한 손을 얹었다. "이 언덕은 매번 저를 괴롭힙니다. 빌어먹을, 마치 심장이 귀에 달린 듯 쿵쾅거리네요. 형님이 어떻게 이 언덕을 매일 오르내리는지 정말 모르겠습니다."

잠시 뒤 치멜루는 말을 이을 준비가 되었다는 듯 손을 느슨하게 내렸다. 그는 한숨을 푹 내쉬고 목청을 가다듬고 다시 말하기 시작했다. "제가 말했듯, 저기 육지는 난장판입니다. 시작하면 끝이 없을 테니 얘기는 꺼내지도 않겠습니다. 거대한 구렁텅이에서 빠져나오지 못하는 기분일 테니까요. 그 시절 사람들이 얼마나 착했는지 기억하시죠? 하긴 군대 행렬과 롤스로이스 호송 차량이 있었으니 당연히 그랬어야 했죠, 안 그렇습니까? 지금 대통령은 어딜 가든 비행기를 탑니다. 도로 사정이 거지 같든 말든 상관없다 그 말 아닙니까?"

이제 그들은 오두막에 다다랐다. 새뮤얼은 치멜루 옆을 지나 먼저 오두막으로 들어갔다. 그가 소파에서 거둔 담요를 한쪽 팔걸이에 던지는 사이 치멜루는 부엌에 들어가 상자를 테이블에 내려놓았다. 새뮤얼은 치멜루가 식기 건조대에서 냄비와 접시, 포크와 스푼, 머그 두 개를 발견하고는 "잔치라도 벌였습니까?" 하고 물어오기를 기다렸는데, 머그는 윈스턴이 벌써 치웠고, 설령 나머지 살림을 알아차렸더라도 치멜루는 별다른 생각을 못 했을 것이다. 치멜루는 거실로 들어와 한숨을 내쉬며 소파에 앉았다. "샘, 형님에게 뭐가 필요한지 말해줄까요? 다리를 올릴 발판입니다. 지친 다리를 쉬게 하는 데 발판만큼 좋은 게 없거든요."

"발판 정도야 내가 만들 수 있지. 나무라면 좀 있으니까."

"그거만 있으면 다 된 거죠 뭐. 목재에 쿠션 하나만 있으면. 윈스턴! 내가 거기 놓아둔 상자 안을 봐라. 네 엄마가 비스킷을 싸 보냈구나. 집에서 직접 구운 비스킷은 아닙니다. 아내가 일주일 내내 빌어먹을 스팽글을 의상에 다느라 눈알이 시달려서 말이죠."

윈스턴이 자기가 사용할 오렌지색 플라스틱 머그를 포함해 머그 세 개를 들고 들어왔다. 윈스턴은 비스킷 갑을 옆으로 건넸다. 치멜루는 비스킷을 베어 물다 인상을 찌푸리며 라벨을 읽었다. "'열대 과일, 하와이의 맛'이라? 젠장, 이렇게 요상한 맛은 대체 누가 발명했담?" 그러면서도 첫 번째 비스킷을 씹으면서 새 비스킷을 꺼내 들었다. "여기 나와 있으니 좋네요." 등을 기대며 치멜루가 말했다. "형님은 섬을 다 가졌으니까요. 그리고 육지에서 멀찌감치 떨어져 사는 것도 좋은 일이고요. 저쪽에서는 혁명 이야기가 돌고 있어요, 어쩌면 또 쿠데타가 일어날 거라면서."

새뮤얼은 입속의 과자 부스러기를 차와 함께 삼켰다. 차가 너무 달았다. 윈스턴은 늘 차를 너무 달게 만들었다. "사람들은 오래전부터 혁명을 말해왔어. 하지만 혁명은 일어나지 않았지."

"알아요, 하지만 이번에는 피부에 와닿습니다. 그래피티도 등장하고, 지하조직 모임들 이야긴 제 귀로 직접 들었습니다. 흡사 1960년대로 되돌아간 것 같다고요. 그 시절이 어땠는지는 형님이 저보다 더 많이 아시겠지만."

"글쎄. 우리는 그저 무슨 일이 일어날지 지켜볼 뿐이지."

"그렇죠, 우리, 우리 같은 늙은이가 달리 할 수 있는 일이 없겠죠." 치멜루는 새 비스킷을 집었다. "오, 잠깐만, 잊기 전에 말씀드려야지, 얼마 전에 난민선이 침몰했다는군요. 아시죠? 불법 입국을 시도하는 그런 배 말입니다. 여기 우리 해안에서 불과 몇 킬로미터 떨어진 지점이었답니다. 그게 언제였지, 이틀 전이었던가?"

"사흘요." 윈스턴이 대답했다.

"사흘. 사흘 됐네요. 사람들 말로는 온 바다가 떠오른 시신으로 가득했답니다. 그래서 내가 켑에게 '자네 상어들은 앞으론 굶을 일이 없겠네' 했죠. 켑이 큰 소리로 웃더군요. 네, 정말로 웃었다니까요. 한참 웃고는 욕을 뱉더라고요. 윈스턴, 샘 아저씨한테 그 영상 보여드려라. 네 휴대전화에 저장했잖아, 그렇지? 온통 그 뉴스였으니까. 다른 뉴스는 없었어. 온통 침몰한 배 이야기뿐이었지."

윈스턴은 주머니에서 휴대전화를 꺼낸 다음 새뮤얼에게

다가와 담요가 걸쳐진 소파 팔걸이에 걸터앉았다. "이런 식으로 잡으세요." 그는 새뮤얼이 양손으로 휴대전화를 잡도록 도와주었다. "이제 가운데 있는 삼각형을 누르세요. 네, 그거요. 네, 화면에 있는 그거. 그걸 누르세요."

새뮤얼 손에 들린 영상엔 사람들이 빼곡했다. 그 아래에서 부서지기 시작한 배의 윤곽조차 보이지 않을 정도로 셀 수 없이 많았다. 온통 몸들이었다. 구르고 떨어지고 손바닥을 펼쳐 물을 철썩철썩 때리는 몸들. 새뮤얼이 손에 쥔 화면은 작았다. 몸들을 전부 담아내지 못했다. 새뮤얼은 영상 속 사람들에게 공간을 만들어주려는 듯 손가락을 움직였다. 동영상이 멈췄다.

"내가 무슨 짓을 한 거지?" 새뮤얼이 물었다.

"걱정 마세요. 영상을 다시 재생할게요. 그냥 손가락을 이렇게, 움직이지 마세요. 좋아요. 자, 다시 나옵니다." 윈스턴이 말했다.

다시 사람들이 물 속에 있었고, 가라앉고 흩어지고 있었다. 새뮤얼의 눈앞에 펼쳐진 선명하고도 극심한 공포감에도 이상하다 싶을 정도로 고요했다. 멀리서부터 희미한 울부짖음이, 꼬리를 길게 늘이는 흐느낌이 들리는 듯도 싶었다. 작은 화면 속에서 사람들은 이미 익사하고 있었다. 밝은 갈색의 긴 머리칼이 영상 안으로 들어왔다가 사라졌다. 영상을 찍은 사람은 아무 소리도 내지 않았다. 헉헉거리는 숨소리도 울음 소리도 없었다.

영상이 멈췄다. 새뮤얼은 영상이 이어지길 기다리며 잠시 열심히 쳐다보았다.

"그게 다예요. 끝났어요." 윈스턴이 말했다.

"이거 다시 볼 수 있나?"

"물론이죠, 이렇게 하면 됩니다. 전 잠깐 배에 가서 나머지 물건을 가져올게요."

새뮤얼은 동영상을 한 번 더 보았다. 이번에는 화면을 눈에 바짝 가져다 대고 등대에 숨겨둔 남자의 얼굴을 찾으려 했다. 하지만 화면은 너무 작고 사람들은 너무 많았다. 남자가 정말 저 배에 있더라도 새뮤얼은 찾을 수 없었을 것이다.

"그 사람들은 당해도 싸죠, 안 그렇습니까?" 치멜루가 말했다. "제 발로 썩어가는 배에 짐짝처럼 올라타 다른 나라에 불법 입국을 시도하다니, 어리석은 짓이죠. 날 좀 죽여줍쇼, 하는 거나 다름없잖습니까."

새뮤얼은 휴대전화를 치멜루에게 건넸다. "왜 이걸 내게 보여줬지? 지금까지 아무도 난민들을 신경 쓰지 않았잖나."

"지금까지는 그랬지만, 이번 일은 국제적인 대사건이 되었답니다. 정부가 시신을 빠짐없이 수습하겠다고 나섰어요. 난 그 말을 믿지 않지만, 듣자하니 포상도 있대요. 아무튼, 저들은 찾고 있고, 그게 중요하다 이 말씀이죠. 혹시 하나라도 보셨나요?"

"시신 말인가? 아니, 한 구도 못 봤어."

"음, 시신 몇 구가 파도에 실려 섬에 도착하더라도 놀라지 마십시오. 눈을 크게 뜨고 계속 지켜보세요. 그 배에 수백 명이 탔다는 거, 직접 보셨으니까."

윈스턴이 열린 오두막 문을 두드렸다. "샘 아저씨, 퇴비는 마당에 내려놓았습니다. 그럼 되겠죠?"

"그럼. 고맙구나."

"음." 치멜루가 말했다. "이제 우린 가야 합니다. 샘, 몸조심하세요. 피곤해 보입니다. 하루쯤 쉬는 게 어때요? 돌담 수리는 다음에 하시죠, 네? 제가 시멘트를 가져올 때까지 기다리세요."

"그럴 수도 있고."

"잘 생각하셨어요. 아니, 아니, 배웅한다고 내려오실 거 없습니다. 길은 우리도 알고 있어요. 여기 남아서 좀 쉬세요. 다음에 봅시다, 몸조심하시고, 네?"

부자는 내리막길을 걸어가기 시작했고, 새뮤얼은 치멜루

의 웅웅거리는 목소리를 들을 수 있었다. "그래, 아들아, 샘 노인네가 살날도 얼마 안 남은 것 같네. 오늘 그가 어땠는지 봤지? 마음 아프지만 받아들여야겠지. 그 불쌍한 노인네가 살아 있는 걸 보는 것도 이번이 마지막일지 모르니까."

등대 열쇠는 꼼짝도 하지 않았다. 새뮤얼은 열쇠를 돌리지 못했다. 그는 오두막으로 돌아가 복도에서 기름이 든 깡통을 가져왔다. 열쇠에 기름을 조금 흘렸다. 다시 열쇠를 돌리려 하자 미끌미끌한 표면에 손가락이 미끄러지며 오렌지색 녹물이 묻어났다. 그는 주머니에서 헝겊을 꺼내 열쇠를 감싼 다음 억지로 돌렸다. 쇠붙이가 갈리며 자물쇠에서 녹 부스러기가 떨어졌다. 그는 등대 문을 어깨로 밀어 연 다음 양손을 바지의 엉덩이 부분에 슥 닦았다. 물집이 아물던 집게손가락 살갗이 바지 주머니에 살짝 끌렸다. 그는 손을 입에 가져가 까진 살갗을 이로 조금 물어뜯은 다음 뱉어냈다.

"이제 내려오시오." 새뮤얼은 계단통 위를 향해 소리쳤다.

"사람들은 갔소."

새뮤얼은 귀를 기울였지만 깨진 창틀 사이로 들어오는 바람 소리만 들렸다. 그가 다시 소리쳤다. "내려와요. 이제 안전해." 남자가 여전히 모습을 보이지 않자 새뮤얼은 등대 꼭대기를 향해 올라갔다.

등대 안 원형 공간은 대부분 빛이 닿아 몸을 숨길 곳이 없었다. 남자는 등명기 빛을 멀리까지 보내는 유리 프리즘 뒤에 어설프게 움츠리고 서 있었다. 유리 프리즘이 남자의 팔과 한쪽 뺨, 셔츠 일부를 반사시키고 또 반사시키며 그의 모습을 왜곡시켰다. 새뮤얼이 등명기를 끼고 돌아가 그와 대면하기 전까지 남자는 쪼개졌다가 엉성하게 합쳐지는 삐죽빼죽한 물체처럼 보였다.

"사람들은 떠났소." 새뮤얼이 말했지만 남자는 여전히 유리 프리즘 뒤에 엉거주춤 서 있었다. 새뮤얼은 등대 내부를 에두른 유리창 중 하나로 걸어갔다. 남자에게 이쪽으로 오라고 손짓해 부른 다음 육지로 되돌아가는 배를 가리켰다. "봐요, 그들은 갔어."

남자는 얼굴을 찌푸리며 창을 만지려 손을 꺼내다가 새뮤얼의 시선을 느끼고 도로 주머니에 집어넣었다. 남자는 헛기침으로 목청을 가다듬으며 갈라진 콘크리트 바닥에 발가락

하나를 꾹 누른 다음 공간을 가로질러 다른 창가로 가서 바깥을 살폈다. 발소리를 내며 유리창 하나하나마다 다가가 바깥을 검사하듯 한 바퀴 돌아 새뮤얼의 옆으로 다가왔다. 공급선은 이제 시야에서 사라졌다. 지금쯤이면 건너편 부두에 닿았을 것이다.

남자는 손가락으로 새뮤얼과 육지를 차례로 가리켰다. 그 다음 섬을 나타내듯 허공에 대고 동그라미를 그렸다. 그는 몇 마디 내뱉었는데, 어조로 보아 질문 같았다.

새뮤얼은 잠깐 생각한 다음 말했다. "당신 질문이 뭐냐에 따라 대답이 달라지지. 그래, 난 저편에서 살았었어. 하지만 내가 그곳으로 돌아가고 싶은지, 언젠가는 그곳으로 돌아갈 건지 묻는 거라면, 대답은 '아니'야."

새뮤얼은 언젠가 육지에 들어갈 뻔했던 일에 대해선 자세히 말하지 않았다. 그가 등대지기로 고용되어 일을 시작한 지 3, 4년 되었던, 아주 오래전의 일이다. 당시 공급선은 일주일에 한 번 섬을 찾아왔는데, 새뮤얼이 무선 연락을 하면 더 자주 오기도 했다. 존과 치멜루는 섬을 방문할 때마다 새뮤얼을 붙들고 새로운 시대가 열렸다고, 대통령은 좋은 사람이라고, 사는 게 달라지고 좋아졌다고 열심히 주장했다.

"겁낼 필요 없어." 존이 말했다. "군대 절반은 이제 교도소에 있어. 나머지는 군사 기지에 있고. 옛날하곤 달라. 우리는 다시 자유로운 시민이야."

당시만 해도 젊은이였던 치멜루가 말했다. "아이고, 샘 형님. 언제까지 이런 식으로 혼자 살 순 없습니다. 여자와 마지막으로 같이 지낸 게 언젭니까?"

"입 닥치게." 존이 말했다.

하지만 치멜루는 물러서지 않았다. "뭐라고요? 그거 건강에 안 좋습니다. 계속 그렇게 살다간 밤늦도록 잠도 못 자고 암에 걸리거나 병을 얻을 수도 있어요."

"샘, 치멜루가 하는 말 무시하게. 생각 없이 아무 말이나 하는 녀석이니까. 난 그저 자네가 한두 시간 기분전환을 하면 좋겠다는 거야. 시장통도 걸어보고 맥주도 마시면서. 잠깐이나마 걱정 근심 훌훌 털고 쉬면서 즐겨봐. 해 떨어지기 전에 섬으로 돌아올 거야, 내 약속하지."

자신이 어쩌다 육지행에 동의했는지 새뮤얼은 기억나지 않았다. 그저 정신을 차려보니 배를 타고 있었고, 치멜루가 그에게 곰팡이 슨 구명조끼를 던져주었고, 그가 어쩔 줄 몰라 하자 치멜루가 구명조끼 착용법을 보여준 일만 기억났다. 새뮤얼은 돈이 든 작은 가죽 주머니를 목에 걸고 있었다. 오랫동안 쓰지 않았던 주머니의 존재감에, 갈비뼈를 눌러대는 동전의 무게에 자꾸 신경이 쓰였다. 주머니 끈이 목에 쓸리고 아침 안개에 젖은 끈의 매듭이 까끌까끌했다. 새뮤얼은 몸을 움직여보았다. 어깨를 돌리고 구명조끼를 만지작거리며 몸을 죄는 답답함을 덜려고 애썼다.

배가 시동을 걸고 후진으로 돌제부두를 떠날 때, 새뮤얼은 갑판에 널브러질 것 같은 기분이 들어 몸을 움츠렸다. 하지만 이내 몸을 가누고 좌석에 일체형으로 붙은 상자를 꼭 잡아 엉덩이를 뒤로 바짝 붙여 앉았다. 이제 구명조끼는 턱을 지나 귀를 덮고 목덜미까지 올라왔다. 그는 곧 뱃멀미를 하겠구나, 하고 생각했다. 배 속이 뒤집히면서 입속에 침이 고였지만 더 심해지지는 않았다.

새뮤얼은 두 손을 깍지 낀 채 안개 속에서 서로 잿빛 메아리가 되어주는 가까운 바다와 하늘을 바라보았다. 배는 넓은 호를 그리면서 하얀 포말을 뿜으며 육지를 향해 나아가고 있었다. 육지는 단 하나의 빛과 함께 그들 앞에서 손짓하는 길고 납작하고 먼 그림자에 지나지 않았다.

존이 치멜루에게 조타실을 맡으라고 소리친 다음 새뮤얼 옆자리로 다가와 앉았다. 존은 안개 속에 떠 있는 두 개의 형체를 가리키며 낚싯배들이라고 말했다. "보이지는 않지만 낚싯배가 점점 많아질 거야. 이쪽 만은 황금어장이거든. 내가 어렸을 때 어머니는 우리를 항구로 보내셨는데, 우리는 옷을 벗고 다이빙해 손으로 생선을 잡곤 했지. 낚싯줄이니 그물이니, 그런 건 없었어. 그냥 맨손으로 잡았지. 해봤나?"

"아뇨, 물고기를 잡아본 적은 없습니다."

"한 번도?"

"네. 난 수영을 못합니다."

"음. 그건 이유가 못 돼. 막대 하나 챙겨 자네가 살고 있는 섬 바위틈에 드리우면 그만인데. 그 정도 일에 수영 실력까진 필요 없지."

"어쩌면 해볼 수도 있겠죠."

"어쩌면은 무슨 어쩌면이야. 막 잡아 팔딱거리는 물고기, 세상에 그보다 좋은 게 또 있나? 참 맛이 좋아. 생각만으로도 배가 고파지고 군침이 도는군." 존은 잠깐 말을 끊었다. "아무튼 시간을 보내기에 좋지 않겠나? 낚시질 말일세. 저기 있으면 지루할 텐데, 온종일 혼자서 아무 일 없이 지내긴 말일세. 얘기를 나눌 말동무도 없잖아."

"난 좋습니다. 혼자여도 아무렇지 않아요."

말은 이렇게 하면서도 새뮤얼은 다시 사람들 틈에 부대끼며 사는 건 어떨지 생각해보았다. 거리를 울리는 발소리, 아침 인사, 시장에서 주고받는 흥정과 실랑이, 바에서 아래위로 흔들리는 몸짓, 극장에 퍼지는 웃음소리. 공원에서 얻어듣는 대화들. 노는 아이들. 발걸음을 멈추고 수다를 떠는 여자들. 담배 연기와 길거리 음식. 비둘기들이 퍼덕이고, 개들이 짖어대는 소음. 이것들 하나하나가 배에 앉아 있는 새뮤얼 앞에 생생하게 되살아났다. 사람들과 소음이 그의 주변을 점점 압박했다. 그를 으스러뜨리는 거대한 군중이 형성되었다.

구명조끼가 너무 답답했다. 새뮤얼은 구명조끼를 아래로 잡아당겼지만 구명조끼는 한사코 목과 턱 아래로 내려가려 하지 않았다. 냄새도 독했다. 한 번도 빨지 않은 어떤 것, 부패를 향해 시간을 달려가는 냄새였다. 고개를 빼고 돌려봤지만 냄새가 곧장 추격해왔다. 썩은 내를 코에 쑤셔 넣고 주형틀을 씌운 꼴이었다. 돈주머니는 몸 한복판에서 얼음덩어리로 변해 있었다. 돈주머니가 닿은 부위가 너무 차가워 덴 듯 아프고, 그 냉기가 몸속으로 파고들어 장기들을 얼릴 것만 같았다. 새뮤얼은 헉헉거리다가 숨을 깊이 들이쉬었고, 공포감에 흰자위를 번득이며 존을 쳐다보았다.

하지만 존은 이미 뱃머리로 가 눈썹 위에 손차양을 드리우고 서 있었다. 안개가 갑자기 위로 올라가더니 언제 그랬느냐는 듯 눈 깜짝할 새 말끔히 걷혔기 때문이었다. 태양이 그들 앞 물속에서 빛을 내고 있었다.

이제 항구가 모습을 드러내고 있었다. 항구를 따라 길게 세워진 콘크리트 구조물 위에서 사람들이 움직이는 동작 하나하나가 선명하게 보였다. 목소리들, 새뮤얼이 상상만 해왔던 소리들이 와닿았다. 이제 속에서 더 단단해진 공포감에 새뮤얼은 기침마저 얼어붙은 듯 간신히 짧은 컥컥 소리만 낼 수 있었다.

항구에 막 닿은 배 한 척에서 하역작업이 한창이었다. 남자들이 배에서 내린 생선 상자를 역순으로 독 위에 쌓고 있었다. 엄청난 양의 생선들이 씰룩거리며 미끄러져 몸뚱이가 겹쳐진 채 숨을 색색거리고 있었다. 그 무더기 속으로 사람들의 손이 들어가고, 칼을 쥔 손은 아직 살아서 꿈틀대는 생선의 내장을 떼어냈다. 주변 웅덩이가 금세 분홍빛으로 변해 갔다.

새뮤얼을 압박하는 사람들이 더 빽빽해졌다. 그는 얼굴에 닿는 사람들의 입김과 그에게 뻗치는 목소리와 손들이 무서웠다. 그는 악귀 같은 사람들 틈에서 중얼거렸다. "나 돌아갈래." 그다음, 마치 제 목소리가 들리지 않은 것처럼 더 큰 소리로 말했다. "날 집으로 돌려놔!"

존이 돌아서며 눈가에서 손을 내렸다. "무슨 말을 하는 건가, 샘? 우린 막 도착했는데, 아직은 못 돌아가."

새뮤얼은 육지로부터 몸을 돌려 허우적허우적 조타실 옆으로 가 존을 붙들었다. 숨이 쉬어지지 않았다. "아뇨. 날 돌려보내 주십시오, 집에 가고 싶습니다."

두 사람은 등대 내부 계단을 내려가고 있었다. 새뮤얼은 한쪽 어깨를 구불구불한 계단 난간에 비비며 내려갔다. 그 사이 긴 세월이 흘렀건만 마치 그 배를 떠난 적 없는 것처럼 그의 몸짓은 불안정했다. 아직도 바다 위에 떠서 집으로 돌아가고 싶다며 울고 있는 것 같았다. 계단 하나하나가 파도처럼 기꺼이 그를 맞이해 넘어뜨리겠다고 위협했다.

남자는 새뮤얼을 바짝 따라왔다. 목덜미에 끼치는 남자의 숨결에 새뮤얼은 걸음을 더 재촉했다. 얼른 오두막에 들어가 남자를 바깥에 세워둔 채 문을 닫고 창문 빗장을 걸고 싶었다. 그 행동으로 남자를 섬에서 사라지게 할 수 있기만을 바라며. 남자가 등탑에서 했던 말 때문이다. 남자는 자신을 손

가락으로 가리키며 더듬더듬 자기 이름을 말하고는 창가로
가 저 아래 있는 오두막 지붕을 몸짓으로 가리킨 다음 그 말
을 했다. 그러곤 돌아서서 새뮤얼을 쳐다보았다.

새뮤얼은 이해하지 못하는 척했다. 그는 특정한 음정 없이
휘파람을 불면서 등대 안을 가로질렀다. 남자가 바짝 따라붙
으려 애썼지만 새뮤얼은 자신과 남자 사이에 등명기가 있게
끔 계속 움직였다. 그는 남자가 무슨 말을 하는지 알고 있었
고, 그 말을 다시 듣고 싶지 않았다. "난 이제부터 이 섬에서
살겠어요" 하는 말. 생각도 못 했던 말이었다. 또한 공급선이
떠난 뒤 남자가 어떻게 될지에 대해서도 전혀 생각하지 않았
었다. 그런데 남자는 바로 이곳에, 자신이 떠나온 곳 말고는
갈 곳도, 갈 수도 없이 이곳에 있다. 남자는 여기에 있다. 남
자는 이 섬에서 살아갈 작정이다.

계단 끄트머리에 서서 슬쩍 뒤돌아보자 수없이 굴절된 남
자의 모습이 보였다. 남자의 뒤에 바다가 있고, 바다 위에 또
다시 남자가, 물 위에 떠올라 상륙할 곳을 찾는 수백 명의 남
자가 있었다.

지금, 자신을 바짝 뒤쫓는 남자 앞에서 계단을 내려오며
새뮤얼은 최대한 재빨리, 곧장 오두막을 향해 움직였다. 끝
없이 이어지는, 질질 끌리는 발 아래 가파르게 경사진 계단

만 없다면 좋으련만. 아주 잠시만 멈출 수 있다면 어지럼증을 가라앉히고 입안에 자꾸 고이는 침도 삼킬 텐데. 짧은 휴식을 취한 다음 무리하지 않고 공간을 건널 수 있을 텐데.

어두운 등대에서 빠져나오자 강력한 빛이 새뮤얼을 사로 잡았고, 순간적으로 앞이 깜깜해졌다. 그때 무언가 그의 균형을 빼앗아, 그는 등대 바깥 쪽으로 고꾸라지며 계단 아래 모래밭에 철퍼덕 떨어졌다. 그는 쓰러진 채 꼼짝하지 못했다. 숨이 가쁘고 호흡이 거칠어졌다. 손바닥이 쓰렸다. 왼쪽 무릎이 시큰했다. 그리고 어딘가에서 피 냄새가 났다. 아마도 턱인 듯했다.

새뮤얼은 걸려 넘어진 것이다. 남자가 그를 넘어지게 만든 것이다. 남자는 오두막으로 돌아가는 길목을 막고 있었다. 새뮤얼은 고개를 조금 들어보았다. 오두막까지 18미터, 활짝 열려 있는 현관이 보였다. 사위는 온통 물소리였다. 그는 어지럼증에 고개를 떨궜다. 밀려드는 파도가 그를 낚아채 어딘지 모를 곳으로 실어가고 있었다.

"집에 가고 싶어." 새뮤얼이 말했다. "집에 데려가줘."

손 하나가 닿더니 그를 바닥에서 일으켰다. 햇빛에 눈이 부셔 아무것도 보이지 않고 목소리만 들렸다. "괜찮으세요? 도와드릴까요?"

"이럴 줄 알았어." 새뮤얼이 말했다. "당신이 말할 수 있다고 알고 있었어."

남자의 얼굴이, 표정 없는 검은 얼굴이 점점 또렷하게 보였다. 남자의 입술은 전혀 움직이지 않았지만, 말은 계속 이어지고 있었다. "제가 도와드릴게요. 어디로 갈 겁니까?"

"집."

남자는 새뮤얼을 부축해 오두막에 들이고 소파에 눕혔다. 새뮤얼 주변은 온통 그림자와 어둠에 잠겨 있었다. 바다는, 파도 소리는 이제 사라졌다. 다른 소리들이 있었다. 차량과 사람들 소리. 트럭과 자동차와 오토바이와 버스가 달리는 소리. 사람들이 부르고 대답하는 소리. 개 한 마리가 짖고 있었다. 새뮤얼이 누워 있는 소파가 딱딱해지며 햇볕에 달궈진 콘크리트로 변해갔다. 한 여자가 그의 몸 위로 허리를 숙이며 물었다. "아저씨, 괜찮으세요?"

여자의 다리는 살이 트고 군데군데 허연 버짐이 피어 있었다. 새뮤얼이 올려다봤을 때 여자는 둥그런 얼굴에 땀을 흘리고 있었으며 접힌 군살을 가려준 원피스에도 땀자국이 나 있었다. 여자는 힘겹게 상체를 숙이고 살짝 헐떡거리는 목소리로 말했다. "정신 차리세요, 아저씨, 이런 더러운 곳에 누워 있으면 안 돼요." 여자는 축축한 손으로 그의 손을 잡아 그를

일으키려 했다. 손가락이 미끄러져 빠져나갔고, 그는 이대로
뒤통수가 깨지나 보다고 생각했다.

"어디 가시는 길이죠?"

새뮤얼은 장벽을 가리켰다.

여자는 얼굴의 땀을 닦고 천천히 말했다. "아니요, 아저씨.
저건 왕궁, 그러니까 교도소잖아요. 아저씨는 방금 저기서 나
왔어요. 나는 길 건너편에 있었고요. 그들이 아저씨를 석방하
는 걸 봤어요."

"맞아요. 난 저기서 살아요."

"아, 아저씨, 더는 저기서 못 살아요. 아저씨는 이제 자유
예요. 아저씬 저기로 돌아가지 못해요. 가족 없어요? 집은 어
딘가요? 찾아갈 수 있겠어요?"

"모르겠어요."

여자는 새뮤얼의 몸에 축축한 팔을 둘러 그와 함께 거리를
건넌 다음 그늘진 방수포 아래, 모래와 석탄재를 섞어 만든
가벼운 블록에 그를 앉혔다. 블록 옆에는 노랑과 밝은 분홍,
파란색 과자 봉지들이 수북하고 고기가 빠져나와 더러워진
케밥 꼬치들도 보였다. 여자가 지문으로 얼룩진 플라스틱 병
을 새뮤얼에게 쥐여주었다. 그가 미적지근한 물을 마시는 사
이, 여자는 기름기 묻은 신문지에 일렬로 놓은 삶은 양 머리

들 위로 더러운 천을 살랑살랑 흔들었다. 여자 뒤 검어진 빨랫줄에는 입방체로 자른 고기와 닭다리, 송아지 혀가 꿰어 걸려 있었다. 여자가 천을 흔들 때마다 파리들이 게으르게 날아올랐다가 되돌아왔고, 손짓에 따라 다시 날아갔다가 결국 음식에 내려앉았다.

"그곳에 얼마나 계셨어요, 아저씨?" 여자가 물었다.

"기억나지 않아요. 한 25년, 모르겠어."

"혼란스러우신 게 당연하겠네요."

"난 혼란스러운 게 아니오, 저기가 내 집이오."

"교도소는 아저씨 집이 될 수 없어요." 여자는 시꺼먼 고기 꼬치를 그에게 건넸다. "드세요."

새뮤얼은 꼬치를 받아 몇 개 안 남은 흔들리는 이로 힘겹게 씹었다. 육즙을 빨면서 그는 맹렬히 달려드는 건물들과 사람들, 포효하는 차량들을 피해 웅크렸다. 그가 저곳에 들어갈 때는 없던 것들이다. 그때 세상은 고요했고, 땅은 대부분 풀밭이었다. 어쩌면 곡괭이질과 대형 해머가 내리치는 소리 사이사이에 가끔 음메, 하는 소 울음소리와 목동의 휘파람, 노랫소리를 들었으리라. 그것들은 이제 다 사라지고 이것만이 남았다. 이 혼돈만이. 비웃고 있는 양 머리들이 경계를 이루는 이곳에서, 새뮤얼은 삼키는 법을 기억해내길 바라며 씹고,

씹고, 또 씹었다.

첫날 노역이 끝난 뒤, 죄수들은 일렬종대로 감방이 즐비한 세 개의 복도를 지나갔다. 죄수들이 복도 맨 끝에 인도되자 교도관이 감방 문을 열었다. 최근에 페인트칠을 했다지만 철창엔 이미 지문이 덕지덕지 묻어 있고 시멘트벽에도 죄수들의 키가 닿는 곳부터 천장까지 비슷한 얼룩과 손자국이 비스듬하게 나 있었다. 죄수들이 높이 뛰어 손자국 남기기 시합이라도 했던 걸까. 아마 죄수들은 공기가 조금이라도 들기를 바라며 서로 어깨를 기대고 서서 지붕을 기울이려 애썼던 모양이었다. 파리가 꼬이고 역한 냄새가 풍기는, 윗부분에 딱딱한 갈색 층이 생긴 양동이가 창문 하나 없는 감방 한가운데에 놓여 있기 때문이다. 시멘트 바닥 여기저기는 마르지 않은 오줌줄기로 거무스름했다.

열려 있는 감방 문 안쪽에 풀을 엮어 만든 매트가 쌓여 있었다. 죄수들은 감방에 들어오면서 매트를 하나씩 들고 앉을 자리를 찾아야 했다. 매트는 동나고 감방이 죄수로 가득 찼는데도 교도관은 "움직여, 안쪽으로 쑥쑥 들어가, 들어올 사람이 많으니까" 하고 말했다. 감방 밖에는 먼저 들어간 사람들이 공간을 만들려 다리를 끄는 모습을 다른 아홉 명이 지켜보고 서 있었다. 아홉 명 중 옆 가르마를 깔끔하게 탄 남자가 들어오더니 새뮤얼 옆에 앉았다. 남자는 책상다리를 하고 앉아 싱긋 웃었고, 교도관이 감방 문을 잠그고 떠나기를 기다렸다가 새뮤얼에게 고개를 돌리며 말했다. "저들이 우리한테 밥이나 줄지 의심스럽군요." 감방은 조명이 따로 없었지만 복도의 강력한 조명이 들어 그런대로 환했다. 새뮤얼은 남자의 귓바퀴에 노역장에서 묻은 모래알을 볼 수 있었다. 남자의 두피와 머리카락 사이에 더 많은 모래가 끼여 있었다. 남자의 얼굴에는 흐릿한 멍 자국이 두 개 있고 양 팔목을 따라 피딱지가 앉아 있었다. 남자는 왼쪽 팔목을 문질러 딱지를 살짝 일어나게 해 잡아 뜯고는 그것을 자세히 살피다가 입에 넣었다. 새뮤얼이 쳐다보자 그는 빙긋 웃었다. "걱정 말아요. 인육을 먹진 않으니까." 그는 목젖 뒤에서 나오는 작은 소리로 짧게 웃었다. "사람들 말로는 독재자가 식인을 한다더군요. 자기 적들을 모두 잡아먹는다고요. 그런 소문 들었죠? 지금 독재자가 대통령을 산 채로 잡아먹었다고."

"그건 사실이 아닙니다." 새뮤얼이 말했다. "대통령은 총에 맞고 도랑에 던져졌습니다. 사람들이 대통령의 시신을 찾아냈어요. 시신은 그때까지 거기에 있었습니다. 아무도 먹지 않았어요."

"오." 남자가 말했다. 실망한 표정이었다. "하긴, 만약 독재자가 자기 적들을 전부 잡아먹었다면 지금보다 훨씬 더 뚱뚱했겠지. 사실 나도 그 말이 진짜라고는 믿진 않아요. 그냥 해본 말입니다. 들은 이야기가 있어서."

주변의 다른 죄수들은 잠자리를 조금이라도 편하게 만들려고 준비하고 있었다. 남자는 다른 사람들이 다리를 뻗을 수 있도록 새뮤얼에게 몸을 밀착했다. "난 롤런드라고 합니다." 남자가 말했다.

"새뮤얼입니다."

"광장 가두시위에 참가했습니까?"

"네."

"나도요. 대학생 몇몇과 같이 참가했죠. 나는 사범학교 학생입니다. 교원자격시험은 과학과 수학 비중이 크지만, 영어도 준비해야 해요. 2주 후에 교원자격시험이 있습니다."

새뮤얼은 고개를 끄덕이며 롤런드가 자리에 누워서 무릎을 구부려 세우는 걸 지켜보았다. 롤런드는 혼잣말을 중얼대기 시작했는데, 가끔 고개를 흔들며 암송하던 내용의 첫 부분으로 돌아가 계속 외웠다. 새뮤얼은 벽에 등을 기대고 고개를 젖혀 머리 위에 난잡하게 찍힌 손자국들을 셌다. 어딘가에서, 많은 복도 중 한 곳에서, 한 남자가 비명을 질러대고 있었다.

다음 날, 그리고 그다음 날에도 음식은 나왔다. 풍족하다고는 할 수 없지만 죄수들이 잠자고 일어나 다시 일할 만큼은 되었다. 죄수들은 일주일에 엿새 동안 노역장에서 바위를 깼다. 대형 해머는 손상되지 않는 한 교체되지 않았지만, 어느 날은 그런대로 들 만했고 다른 날은 유독 무겁게 느껴졌다. 일요일 아침이면 확성기에서 나오는 높낮이가 거의 없는 설교 소리가 복도를 쩡쩡 울려 죄수들을 깨웠다. 한 시간 남짓, 독재자는 하느님이 선택하신 분이며 신과 같고, 그들의 자비로운 아버지라는 전언이 교도소 공기를 울렸다. 독재자는 그들을 사랑하셨다. 독재자는 그들을 위해 위대한 일을 하고자 하셨다. 그들에게 줄 위대한 일을. 그 보답으로 독재자가 요구한 건 복종이 전부다. 그게 지나친 기대인가? 그렇게나 많은 사랑을 앞에 두고 복종하라는 것이?

일부 죄수들이 구시렁대며 얼굴을 찌푸렸고, 교도관은 "입들 닥치고 잘 들어!" 하며 소총으로 철창을 쳤다.

새뮤얼은 부러진 손톱을 살펴보고, 감방 안 다른 남자들 표정을 두리번거리고, 눈을 감은 채 점점 열띠게 암송하는 롤런드를 지켜보았다. 설교가 끝난 뒤에는 할 일이 없었다. 공기가 흐르지 않는 빽빽한 감방에서 지루함을 덜어줄 것은 아무것도 없고, 그저 오줌을 싸고 꾸벅꾸벅 조는 서로의 모습을 볼 뿐이었다.

열나흘째 날이 왔다가 서서히 사라지고 있었다. 롤런드가
말했다. "음, 교원자격시험은 다음 학기에 치러야 되겠네요.
여기 있는 동안엔 공부한 내용을 잊지 않는 데만 신경 써야
겠죠." 롤런드는 점점 더 열심히 암송하기 시작했고, 매일 밤
새뮤얼에게 말했다. "아마 내일일 겁니다. 내 생각에 내일이
그날입니다. 우리를 한 달 넘게 가둬두진 않을 겁니다, 한 달
이상은 확실히 아니죠."

얼마 지나지 않아 죄수들은 노역장에서, 혹은 한밤중에 감
방에서 끌려 나가기 시작했다. 롤런드가 말했다. "봤죠, 새
뮤얼, 맞잖아요." 하지만 끌려간 남자들은 몇 시간 혹은 며칠
뒤에 고문과 매질을 당해 참혹한 꼴로 돌아왔고, 롤런드는 그
들을 말없이 음울한 눈으로 쳐다만 보았다. 어느 날 밤 롤런
드는 잠자던 새뮤얼을 흔들어 깨웠다. "저 사람들은 멍청이
입니다." 그가 말했다. "독재자를 향한 충성 서약을 요구받았
지만, 거부한 게 분명해요. 그렇지 않아요? 그게 저들이 얻어
맞는 이유입니다. 잘 들어요, 새뮤얼, 우리 차례가 되어 그들
이 충성 서약을 요구하면, 반드시 서약해야 합니다. '네, 하겠
습니다' 하고 대답한 다음 우리는 인생을 되찾고, 난 교원자
격시험을 치르고 선생이 되는 겁니다. 이건 나쁜 게 아닙니

다. 충성 서약을 하는 건 잘못이 아닙니다. 독재자는 사실 그렇게 나쁜 사람이 아닙니다, 전혀 아니죠. 그러니 우리 서약하기로 동의한 겁니다, 알았죠? 우리 맹세하죠."

새뮤얼은 롤런드의 어깨를 토닥였다. "맹세합니다." 충성 서약이 말처럼 단순하지 않으리란 걸 알면서도 새뮤얼은 그렇게 말했다.

다음 날 그들이 노역장에서 일하던 롤런드를 데려갔다. 롤런드는 새뮤얼에게 미소를 짓고 엄지를 올려 보였다. 롤런드는 돌아오지 않았다.

새뮤얼은 소파에서 깨어났다. 남자가 옆에서 꿇어앉아 새뮤얼의 이름을 부르고 있었다. 그는 찻잔을 내밀고 있었다. 김이 올라오는 찻잔의 안쪽 테두리에 설탕 알갱이 몇 개가 반짝거렸다. 남자가 부엌에 들어가 선반을 뒤진 것이다. 새뮤얼은 찻잔을 밀쳤고 찻물이 카펫에 쏟아졌다. 그는 힘들게 허리를 일으켜 앉고 눈을 비비려 두 손을 얼굴로 가져갔다. 손바닥에 새로 까진 상처를 보자 넘어진 일이 기억났다. 그는 꿇어앉은 남자에게서 멀어지려 몸을 옆으로 살짝, 아주 살짝 움직인 다음 손끝으로 눈가를 문질렀다. 꿈을 꾼 것 같은데 꿈 내용이 기억나지 않았다. 꿈속에서 그는 어딘가에 있었는데, 무슨 말을 하려거나 막 어떤 행동을, 아마 완성되고 기억되기를 기다리는 어떤 행동을 하려는 참이었다. 그는 절레절레 도리질했고, 눈가를 문지르다 곧 손바닥으로 뺨을 누르게 되었다. 까진 손바닥의 상처와 턱에 앉은 딱딱한 딱 지가 느껴졌다.

지금 새뮤얼에게 그것은 교도소 시절의 물집이었다. 마치 뒷걸음질해 방금까지 꾸고 있던 꿈속으로 들어갔지만, 꿈이 어딘가 바뀐 걸 알게 되어, 꿈속에서 자기 자신을 찾아야 할 것 같았다. 여기, 물집 잡힌 손이 보인다. 손바닥 전체에 퍼졌 다가 차츰 아물었지만, 영영 사라지지 않을 것 같은 물집이 다. 물집에 물이 닿으면 최악이었기에 죄수들에게 목욕이 허 락되던 날이면 상처는 불에 덴 듯 쓰라렸다. 그다음 상처는 불어 부드러워졌다가 살갗이 얇게 일어났다. 새뮤얼은 신경 질적으로 살갗을 잡아 뜯었다. 조사실로 끌려갈 때마다 살갗 을 잡아 뜯었다. 조사실로 끌려간 횟수가 몇 번이 됐건, 몇 년 이 지났건.

그는 조사실이 무서웠다. 맨 처음 끌려간 날보다 심하게 위협받은 날이 없었음에도 늘 너무 무서웠다. 널 때려죽이겠 다는 위협은 여전히 그를 공포로 몰아넣고 욕지기를 일으켰 다. 말을 더듬고, 거짓 정보를 날조하고, 제 살갗을 씹게 했 다. 그는 그들이 언제 그의 문제를 처리할지, 언제 풀려날 수 있을지 궁금했다. 시간이 지나 조사관들과 웬만큼 안면을 텄을 때, 그는 롤런드에 대해서 물어보았다. 어째서 롤런드에게는 충성 서약을 할 기회가 주어졌는지, 자기한테는 왜 그 선택지가 주어지지 않는지 물었다.

"지금 무슨 말을 지껄이는 거야?" 바일라가 말했다. 두 명의 장교 중 나이가 많고 더 거친 사람이었다. 면도를 하는 법이 없었고, 가끔 그가 조사실에 들어올 때 꺼칠한 짧은 회색 수염에서 맥주 냄새가 풍겼다.

"그 학교 선생님 말입니다." 새뮤얼이 말했다. "저랑 같은 날 여기 들어왔습니다. 작년에 석방되었죠."

"그런 생각을 하고 있었나? 그 사람이 바깥세상에서 애들을 가르치며 살고 있다고? 중요한 사람이 되어서? 그게 먹힐 거라 생각했어? 독재자에게 충성 맹세를 하면 석방이 떨어진다고?"

"그렇게 된 거 아닙니까? 그게 아니라면 그 사람은 어디 있죠?"

"네 알 바 아니야. 네가 할 일은, 우리가 알고 싶은 걸 다 털어놓는 거야."

"지금 그 말은 그 사람이 죽었다는 말씀인가요? 그런 말입니까? 그는 죄 없는 사람이었습니다. 그는 아무것도 알지 못했어요."

다른 남자, 심한 피부병으로 몸 군데군데가 허옇게 변색된 에시엔이 담배를 꺼내 불을 붙여 새뮤얼에게 건넸다.

"이봐." 에시엔이 말했다. "진도 나가자고. 이번 주엔 우리에게 무엇을 내주겠나? 뭘 알고 있지?"

새뮤얼은 매번 그랬듯 이름을 대고, 감방에서 들은 이야기를 보고하고, 바깥에서 일어나고 있는 활동들, 조직과 그 동향, 그가 들어본 적도 없는 사람들에 대한 질문들에 대답했다. 그 보답으로 그는 얻어맞지 않았고, 설탕을 친 커피 한 잔과 샌드위치를 받고, 살아도 좋다는 허락을 얻었다.

당연히 다른 죄수들은 새뮤얼을 의심했다. 그들은 새뮤얼이 조사실에 그렇게 자주 불려가고도 늘 말짱하게 돌아오는 것을 수상하게 여겼다. 어느 순간, 그들은 새뮤얼을 피하고 냉담하게 맞이하고 냉랭한 시선을 던지기 시작했다. 밤에는 그에게 등을 돌리고 잠들고, 그가 가까이 있으면 목소리를 낮춰 수군거렸다. 잠이 든 사이 목이 졸릴 거라고, 교도관들 눈이 닿지 않는 후미진 곳에서 날카로운 물건에 찔릴 거라고 새뮤얼은 생각했다. 노역장에서는 내내 갑작스럽고 날랜 망치질에 비명 지를 새도 없이 살해되고 말 거라 예상했다. 죽음은 그의 어깨까지 다가와 그를 기다리고 있었다.

하지만 새뮤얼은 무사했다. 죄수들은 새뮤얼이 장교들에게 쓸모 있는 존재라고 믿고 있었고, 그런 작자를 해코지했다가는 자기들이 벌을 받고 감방에서 끌려나가 쥐도 새도 모르게 처치되리라고 확신했다. 그래서 새뮤얼은 혼자 남겨졌다. 신입 죄수들은 새뮤얼을 멀리하라는 조언과 함께 저런 비겁한 사내는 전염성이 있으니 영구 격리되어야 한다는 이야기를 들었다.

새뮤얼은 소파에서 일어나 방을 가로질러 부엌으로 향했다. 다리가 아직도 후들거려 소파 등받이와 복도 벽, 부엌에 있는 나무 의자를 짚어야 했다. 남자는 마치 새뮤얼이 쓰러지길 기다리는 듯 양팔을 뻗고 따라다녔다.

"나 아직 안 죽었어." 새뮤얼이 말했다. 남자가 영문을 모르겠다는 눈빛으로 쳐다보자 꽥 고함을 질렀다. "죽지 않았다고, 아직은. 제기랄!"

남자는 비켜서며 두 손을 들어 보였다.

새뮤얼은 싱크대에 기대 수도꼭지를 틀고 상처에 닿지 않게 비누칠을 하며 손을 씻었다. 그다음 얼굴에 물을 끼얹고 개수대 안으로 똑똑 떨어지는, 분홍색으로 변한 물을 보았다.

계속되는 꿈을 떨쳐낼 수 없었다. 그는 여전히 교도소에, 교도소 담 안에 있었다. 교도소에서 보낸 그 긴 시간 끝에 남은 건 고작 몇 조각의 기억이었다. 마치 지난 세월은 모두 사라지고 딱 하루만 남은 것 같았다. 그 하루만을 거듭거듭 살았고 지금도 여전히 그 하루 속에서 살아가고 있었다.

새뮤얼은 얼굴의 물기를 내버려두고 손만 닦은 다음 다시 방을 가로질러 걸었다. 밖으로 나가 마음을 비워내야 했다. 하지만 오두막이 덫이 되어 절대 여길 떠나지 못할 것만 같았다. 부엌 입구에서, 그는 뒤돌아보았다. 낮고 가느다란 휘파람 소리가 들려왔다. 테이블에, 남자 옆에, 조사관 둘이 앉아 있었다. 바일라가 말하고 있었다. "떠나기 전에 잠깐. 이 말을 해주는 걸 잊었군. 당신 아버지는 죽었어."

새뮤얼은 아무 말 하지 않았다. 손을 내리자 문이, 문손잡이가 보였다. 복도에는 그를 노역장으로 다시 데려갈 교도관이 서 있었다. 9년째였던가, 어쩌면 10년째 되던 해, 제복이 카키색에서 검은색으로 바뀐 해였다. 교도관의 부츠는 칙칙하고 바지 무릎께에는 꿇어앉았다 일어난 뒤 털지 못한 흙먼지가 묻어 있었다. 기도라도 했던 것일까.

"자네 아버지는 독립운동을 하는 일당이었어, 맞지?" 바일라가 말했다.

"그렇습니다."

바일라가 담배의 마지막 모금을 뱉었다. 에시엔은 머그를 들고 있을 뿐 차를 마시지는 않았다.

"내가 아는 게 맞는다면, 그는 독립운동을 하다가 총에 맞았어." 바일라가 말했다.

"그래서 불구가 되었죠."

"그런 사람은 자네 같은 아들이 있는 게 너무 괴로웠겠지, 아무렴. 아들이라고 있는 게 독립에 반대하고 조국에 반기를 들었으니."

"저는 조국에 반기를 들지도, 독립에 반대하지도 않았습니다. 제가 저항한 건 그 이후에 벌어진 일들이었습니다."

바일라는 담배꽁초를 바닥에 던졌다. 바닥에는 거무스레한 동그라미 안에 아직 불씨가 남아 있는 몇 개를 포함해 적어도 스무 개의 꽁초가 널려 있었다.

"원하는 걸 말해봐, 우리를 도와준 일이 있는 만큼 우리도 자네 부친은 격식에 맞춰 매장해줄 테니."

"무슨 말입니까?"

에시엔은 머그를 내려놓고 입술을 핥았다. "매장법이 새로 생겼어. 죽은 사람을 매장하려면 반드시 매장 허가가 필요하게 됐지."

"매장 허가라뇨?" 새뮤얼이 말했다. "이해가 안 가네요. 죽은 사람을 매장하는 데 무슨 허가가 필요하죠?"

"폭동 가담자나 폭도에 동조한 사람은 매장 허가를 받지 못하게 되었거든."

새뮤얼은 이마를 짚다가 한쪽 눈썹을 꼬집었다. "만약 그런 경우라면 어떻게 됩니까?"

바일라는 어깨를 으쓱일 뿐이고 에시엔이 대신 대답했다. "모르지. 뭐, 자기 집 마당에 사랑하는 사람을 묻는 사람들도 있다더군."

"우리 집엔 마당이 없습니다."

바일라가 벌떡 일어섰다. "이봐, 잘 들어. 당신 집에 마당이 있든 없든 우린 알 바 아냐. 우린 소식을 전했으니 할 만큼 한 거야." 바일라는 경례를 붙이는 교도관을 지나쳐 조사실을 나갔다.

에시엔도 자리에서 일어서서 새뮤얼이 있는 자리까지 걸어왔다. 그가 새뮤얼의 한쪽 어깨를 짚었다. "당신 아버진 독립운동을 했어. 도와줄 사람이 나타날 거야. 그를 위해 자기 집 마당에 특별한 자리를 내줄 사람이. 난 당신 아버지가 땅에 묻히리라 확신해."

"말이 안 됩니다. 이 법 말이죠. 도대체가 말이 안 돼요."

에시엔은 복도 쪽을 슬쩍 살핀 다음 새뮤얼의 귀에 머리를 바짝 댔다. "바깥 상황이 안 좋아. 누구도 안전하지 않아. 독재자는 피해망상이 심해. 모든 사람을 두려워하지. 나는 내 아이들에게 잠잘 때도 두 손으로 입을 가리라고 했어. 행여 잠결에 중얼거린 말을 어떤 놈이 들을지 누가 알겠냐고?"

그날 이후 새뮤얼은 조사실에 딱 한 번 더 불려갔다. 그즈음 바일라는 퇴역하고 새로운 남자가 들어왔다. 서류철을 들고 넥타이에 말끔한 양복 차림을 한 새로운 조사관은 에시엔보다 계급이 높았다. 그는 담배와 단 커피라는 회유책을 믿지 않는 사람이었다. 그는 새뮤얼에게 여러 가지를 질문하고, 조직과 사람들을 거론하고, 다른 죄수들 이름을 언급했다. 새뮤얼은 더듬더듬 얼버무리려 했으나 남자는 속아 넘어가지 않았다. 그는 말했다. "이 죄수는 아는 게 하나도 없어. 아까운 시간만 잡아먹을 뿐이야. 잡아야 할 진짜 자유의 적들은 따로 있어. 이놈을 다시 노역장으로 보내. 더는 쓸모없으니까."

그날 이후 몇 년이 흘렀다. 그 몇 년 동안 새뮤얼은 감방의 동료 죄수들에게 철저히 무시당했으며 때로는 몇 주 동안 아무와도 말 한마디 나누지 못했다. 새뮤얼은 침묵 속에 살았으며, 밤에는 감방 귀퉁이나 철창 쪽으로 밀려나야 했다. 그는 외로움을 채우려고 과거에 나눈 대화를 머릿속으로 되뇌고

심지어 조사실에서 이뤄진 대화까지 곱씹었다. 그는 감방 동료를 돌아보며 그들과 몇 마디라도 속삭일 수 있기를 바랐다. 그의 말에 대꾸해줄 이를 갈망했다.

왕궁 교도관들은 계속 바뀌었다. 조직 개편과 상황 변화에 따라 전국적으로 이동이 잦았기 때문에 누구도 교도관들과 연을 맺지 못했다. 그러던 어느 해에 뚱뚱한 중년 남자가 몇 달 동안 복도를 맡았다. 그는 죄수들에게 고함치거나 발길질 하지 않는 인정 많은 교도관이었다. "남에게 친절히 대하라" 라는 말이 입에 붙은 그는 밤에는 죄수들이 잘 자기를 바라며 찬송가를 부르면서 복도를 걸었다. 그는 '사도'라고 불렸는데, 어쩌다 그렇게 불리는지 질문을 받으면 "부모님이 주신 이름은 아니고, 내가 처음에는 죄인으로, 다음에는 신자로 하느님을 찾아갔을 때 하느님이 주신 이름이다"라고 설명했다.

어느 날 밤, 뚱보 교도관은 철창에 고개를 기댄 채 무릎을 안고 앉아 있던 새뮤얼 앞에서 걸음을 멈췄다. "당신을 죽 지켜봤어, 형제. 당신은 잘 지내고 있지 않아. 잠도 자지 않고. 당신의 영혼은 고통받고 있어."

새뮤얼은 그를 쳐다보지 않았다. "내 고통에 대해 당신이 뭘 안다고 그럽니까?"

"눈에 보이니까 알지. 당신 얼굴엔 고통이 쓰여 있어. 당신

안에 살고 있는 악마를 풀어줘야 해. 내 죄를 용서하신 것처럼, 하느님은 당신이 지은 죄와 당신을 용서해주실 거야. 하느님은 용서할 준비를 하고 기다리고 계시지. 당신은 용서만 구하면 돼."

"당신이 틀렸습니다. 나는 이미 용서를 구했습니다. 그는 나를 내쳤습니다."

"그럴 리가 없잖나, 형제여."

"그럴 리 없다고요?" 새뮤얼은 찌푸린 얼굴로 고개를 들고 물었다. "날 보십시오, 나는 내가 아는 모든 사람과 내가 알지 못하는 많은 사람을 배신했습니다. 나는 내가 죽기만을 바라는 사람들에게 에워싸여 있다고요."

"그래, 당신이 몇몇 사람을 배신한 건 사실이야. 하지만 그보다 중요한 건 당신이 가장 중요한 한 분, 국가의 보호자이자 국민의 구세주께 충성을 보였다는 사실이야."

"하느님이요? 저는 하느님께 충성한 적이 없는데요."

"아니, 하느님을 말하는 게 아냐. 일부에서는 독재자로 알고 있는 그분, 우리의 위대한 지도자 말이지. 이게 그분의 공식 직함이야."

"그의 직함이라고요? 그 긴 전부가요?"

"그 뒤에도 분명히 더 많이 있는데 기억이 나지 않는군."

"그분이 스스로 자신에게 그런 이름을 붙였대도 놀랄 일은 아니죠. 쿠데타 이후 있었던 개선 행진을 기억하십니까? 엄청난 비용을 들인 그 쇼를?"

"물론 잘 기억하고말고." 사도가 말했다. 그는 빙긋 웃고는 손가락 하나로 감방 쇠창살 하나를 톡톡 두드렸다. "난 그 자리에 있었어. 그분은 우리를 자유롭게 하시고, 우리를 배신한 대통령으로부터 모두를 구해주셨지. 그 대통령은 자신의 측근들을 권력의 자리에 앉히고 모든 이권을 챙겼어. 나머지 사람들, 국민과 다른 모든 건 새까맣게 잊었지."

"독재자와 독재자의 형제들, 친구들, 사촌들이 득시글거리는 자동차 행진은 뭐가 다릅니까? 독재자도 자기 측근들을 권력의 자리에 앉혔습니다. 대체 옛 대통령과 무슨 차이가 있단 말입니까? 독재자가 살육한 그 모든 사람은요?"

"오, 형제여, 진정해, 그만하면 됐어. 그분은 우리를 구해냈어. 교도소에서 그 긴 세월을 썩으면서 아직도 그걸 깨닫지 못하나?"

새뮤얼은 순간 말을 잃었다. 그는 잠들어 있는 죄수들을 둘러보았다. "내가 그 긴 세월을 보내고 무엇을 알게 되었는지 말해볼까요?"

"말해봐."

"나는 내 자식이 어떻게 생겼는지 전혀 모른다는 사실을 알고 있습니다. 내 마음속에서 내 아들은 아직 아기입니다. 내가 광장 가두시위에 나가던 그날 아침 마지막으로 보았던, 내 어머니 품에 안긴 그 모습 그대로 작은 갓난아기입니다. 나에게 바깥은 하나도 달라지지 않았으며, 모든 것은 그 아기를 중심으로 그대로 서 있습니다. 내 여동생은 십 대이고, 내 아이의 어미는 여전히 석상 위에서 시위하고 있으며, 양친 모두 살아 계십니다. 내게는 아무것도 달라지지 않았습니다. 심지어 이곳에서 나는 시간이 흘렀다는 사실조차 잊습니다. 가끔 창에 비친 내 모습을 보고도 난 나를 알아보지 못합니다. 저 남자는 대체 누구인가? 묻고 싶다고요."

"그런 의문은 품지 말아야 해. 내가 말했듯 거울 속 그 남자는 스스로 충성심을 보여준 남자야."

새뮤얼은 고개를 돌려 다시 교도관을 쳐다보았다. "그런 말 마십시오. 나는 나 자신 말고 누구에게도 충성한 적이 없습니다."

늦은 오후, 머리 위 잿빛 하늘이 비를 퍼붓겠다고 예고하고 있었다. 새뮤얼은 미지근한 물을 가득 담은 양푼에 이스트를 풀었다. 거기에 설탕과 소금을 첨가해 잠시 두고 밀가루가 든 오래된 비스킷 깡통을 꺼냈다. 밀가루는 계량하지 않고 눈짐작으로 쏟아 넣었다.

남자는 식탁 맞은편에 앉아 새뮤얼을 지켜보고 있었다. 다리를 벌리고 의자에 등을 기댄 채 열대 과일 맛이 나는 비스킷 봉지에 손을 넣었다. 그가 비스킷을 더듬거릴 때마다 비닐 포장지가 바스락거렸고, 하나를 꺼낼 때 바스락 소리는 더 커졌다. 그는 비스킷을 통째로 입에 넣고 입을 조금 벌린 채 우걱우걱 씹었다. 새뮤얼은 양푼에 손을 넣다가 자신을 관찰하는 남자와 눈길이 마주쳤다. 남자는 비스킷을 씹으면서 다음 비스킷을 또 꺼내 입에 넣었다.

새뮤얼은 눈을 떨궜다. 손마디와 손톱 밑이 더러웠고 까진 손바닥 일부에도 지워지지 않은 때가 남아 있었다. 그는 개수 대로 가 주방 세제로 손을 다시 깨끗하게 씻고 오븐 앞에 걸 린 낡은 갈색 수건으로 닦았다. 그다음 식탁으로 돌아가 반죽 을 섞기 시작했다. 반죽은 치댈수록 둥글둥글하고 말랑말랑 하고 따스해졌다. 그는 양푼을 조리대에 올린 뒤 밀가루 반죽 이 잘 부풀도록 양푼 위에 행주를 덮어두었다.

새뮤얼이 다시 돌아섰을 때, 남자는 식탁 위 밀가루에 손 가락으로 뭔가 그리고 있었다. 그저 지루함을 못 이겨 끼적거 리는 심심풀이 낙서였다. 새뮤얼이 다가서자 남자는 허둥지 둥 그림을 지우고는 반대쪽 손바닥으로 밀가루를 받아냈다. 남자는 그것을 어떻게 처리해야 하는지 묻듯 새뮤얼에게 손 을 내밀었다.

"저쪽에." 새뮤얼은 회색 플라스틱 깡통을 가리키며 말했 다. 새뮤얼은 재료들을 치우고 테이블 위 밀가루는 마른행주 로 훔쳐 바닥에 떨어뜨렸다. 이디스가 보내준 상자를 들어 테 이블에 내려놓고 상자의 네 날개를 하나씩 부드럽게 당겨 열 었다. 남자는 어느새 다시 비스킷을 먹고 있었다. 손가락 하나를 입에 넣어 이를 쑤시더니 손톱에 딸려 나온 찌꺼기를 쪽 빨고 다시 비스킷을 씹었다. 새뮤얼은 상자 속을 들여다본 다음 싸구려 종이로 만든 낡은 잡지들을 꺼냈다. 맨 위에 놓인 잡지는 은빛 드레스에 두꺼운 가짜 속눈썹을 붙인 여자가 표지에 실려 있었다. 여자 옆에는 맨몸에 칼라와 은색 보타이만 찬 남자가 서 있었다. 젖꼭지에는 피어싱이, 팔에는 문신이 있었다. 새뮤얼은 이 표지 사진을 알아보았다. 이미 가지고 있는 잡지였다. 그는 그 잡지와 다른 불필요한 잡지들을 추려 불쏘시개용 나무 상자에 던졌다.

다음은 비디오테이프가 나왔다. 케이스들은 끈적거리고, 담뱃진 냄새와 닫혀 있던 상자 특유의 냄새가 배어 있었다. 그중 하나는 누가 토마토 소스를 쏟고 닦지 않은 듯 표면이 오돌토돌했다. 비디오테이프는 아홉 개였는데, 모두 새뮤얼이 이미 본 것이었다.

남자는 테이블 너머로 손을 뻗어 비디오들을 집어 들고는 비디오 대여점 손님인 양 하나하나 찬찬히 살펴보았다. 마지막 비스킷까지 다 먹자 남자는 고개를 뒤로 젖히고 과자 봉지를 거꾸로 들어 입에 부스러기를 털었다. 남자는 휴지통으로 가 봉지를 던지고 부드럽게 트림했다. 그다음 과자 부스러기와 인공 과일향을 풍기며 새뮤얼 옆에 서더니, 상자에 손을 넣고 잼 단지 세 개와 분홍색 바탕에 황금색 줄무늬가 있는 연필, 종이로 포장된 빨대를 꺼냈다.

새뮤얼은 남자에게 고개를 절레절레 흔들며 빨대를 받았다. 상자 주인은 새뮤얼이다. 그가 직접 상자를 여는 게 옳다. 남자는 어깨를 으쓱하고 다시 자리에 앉고는, 뚜껑이 제대로 닫히지 않아 뚜껑과 몸통의 글자가 어긋나는 커피 깡통과 케이블타이와 전선이 든 작은 가방과 색이 바래 하트가 오렌지색이 된 도자기 곰 인형과 파인애플이 그려진 구겨진 접시를 상자에서 차례로 꺼내는 새뮤얼을 지켜보았다. 상자 바닥에는 사진 앨범이 들어 있었다. 링이 구부러진 낡은 앨범이었다. 겉면에 초인종 단추 모양의 작업복 바지를 입고 물뿌리개를 든 소년이 만화 풍으로 그려져 있었다. 새뮤얼이 앨범을 들어 올리자 사진들이 후드득 아래로 떨어졌다. 그는 허리를 숙여 떨어진 사진들을 주웠다. 사진 한 장이 큰 가스 냉장고 밑으로 미끄러져 들어가자, 테이블 맞은편에 있던 남자가 무릎을 꿇고 그걸 꺼냈다. 남자는 눈을 끔벅이며 사진을 본 다음 테이블을 가로질러 미끄러뜨렸다.

군복을 입은 앳된 십 대 남자의 사진. 베레는 왼쪽 눈썹 쪽으로 살짝 비뚜름하게 얹혀 있고, 고개는 뻣뻣하게 세우고 있었다. 한참 동안 눈도 깜빡이지 않고 포즈를 취한 듯 웃음기는 없고 눈은 경직되어 있었다. 흰색 배경에 목과 어깨까지 나오게 찍은 정식 명함판 사진이었다.

새뮤얼은 다른 사진들을 집어 들고 하나씩 넘기기 시작했다. 앞치마를 두르고 불가에서 냄비를 젓는 살찐 여자와 여자 뒤에 환하게 웃고 있는 한 남자. 다음 사진은 집을 정면에서 찍은 것이다. 칠하다 만 벽에 사다리가 기대 세워져 있고 아주 흐릿한 얼굴 하나가 창문 너머로 바깥을 내다보고 있다. 그다음은 젊은 남자 다섯이 공원 벤치 하나에 편하게 걸터앉아 병에 든 탄산음료를 마시는 사진이다. 다음은 페인트칠이 끝난 집 앞에서 보이지 않는 어떤 사람과 얘기하는 듯한 군복 차림 소년의 옆모습 사진이다. 다음은 카메라를 똑바로 쳐다보며 웃고 있는 소년의 또 다른 사진이다. 소년의 부모로 보이는 이들과 함께 찍은 사진이 두 장으로, 두 사진 모두 덤불 냄새를 맡는 개 한 마리가 배경에 찍혀 있다. 이 사진들은 소년의 전신을 보여주는데, 구두가 익숙하지 않거나 대개 샌들만 신고 다닌 많은 소년들처럼 자세가 어색하다. 지난날 쿠데타 전후 몇 개월 동안에는 흔한 풍경이었다. 소년들이 다리를 절룩이며 행진하거나 비틀비틀 계단을 올라가면 사람들은 조소를 담아 '새 구두 소년'이라고 불렀다. 대개가 어린 남자들, 가난한 집안 출신이거나 아예 집이 없는, 어느 쪽으로든 취약

한 소년들이었다. 군대는 그런 어린 남자들을 찾아와 보호와 음식과 돈을 약속했다. 새뮤얼이 길에서 사귄 친구 중 한 명 이상이 군대의 유혹에 넘어갔다. 도그도 그중 하나였다. 도그 는 어느 주말 옛 동네로 돌아와 으스대고 다녔다.

"그래서 겨우 이거야?" 새뮤얼이 말했다.

"이거라니 뭐가? 이게 뭐 어때서? 문간에서 잠들지 않고 도둑질하지 않아도 되는 새로운 인생이 뭐가 어때서? 잘못된 장소에 서 있다는 이유로 경찰한테 발길질을 당하거나 얻어 터지지 않는 인생이 뭐가 잘못됐지?"

새뮤얼은 고개를 숙여 도그의 반들거리는 검은색 군화와 핸드백처럼 어깨에 걸친 소총을 보았다.

"이것." 도그가 말했다. "이게 곧 힘이야. 난 사람들에게 명령을 내리는 중요한 사람이 되었어. 너도 내 말 귀담아 들 어. 언제까지 경찰과 도둑들을 지켜보며 극장 좌석 밑에 숨어 살 거야? 너도 이제 진짜 인생을 멋들어지게 살아봐야지."

"구두를 신는다고 개가 사람으로 바뀔까? 넌 평생 개가 될 거야."

"적어도 너보다는 잘 먹고 잘살겠지."

하지만 그것은 아주 오래전, 새뮤얼이 메리아를 만나기 전, 가두시위를 하기도 전의 일이다. 교도소에 갇히기 전의 일이다. 그럼에도 많은 군인들과 교도관들로 가득한 교도소에서조차 새뮤얼이 하루하루 의식했던 사람은 도그였다. 도그. 자신이 무슨 짓을 하는지 몰랐던 어린 소년들. 차렷 자세로 서 있던, 소총으로 창살을 덜그럭대던, 시키는 대로 개처럼 짖어대며 명령하던 남자들. 그리고 진실을 밝히자면, 새뮤얼은 당시는 물론 아마 그 후로도 오랫동안 도그가 신은 군화를 부러워했다. 도그가 입은 군복을 부러워했다. 더러운 먼지 같은 존재를 벗어나 더 나은 사람, 중요한 사람으로 솟아오르고 싶지 않은 사람이 누가 있겠는가?

새뮤얼은 사진들을 한쪽으로 치웠다. 남자가 테이블 너머로 팔을 뻗어 사진들을 집어 들고 천천히 넘기기 시작했다. 그동안 새뮤얼은 사진 앨범을 펼쳤다. 셀로판지가 대부분 헐거워져 앨범을 넘길 때마다 펄럭거렸다. 붙어 있는 사진은 겨우 몇 장뿐이었다. 플라스틱 인형에 분홍색과 흰색 크림 거품으로 장식해 흡사 무도회 드레스 같은 생일 케이크 사진이 있다. 케이크 옆에는 플라스틱 인형과 비슷한 스타일의 드레스를 입은 소녀가 알이 두꺼운 안경을 쓰고 환하게 웃고 있다. 다음 사진은 군복을 입고 있던 소년의 어린 시절 같다. 그는 손수건을 들고 손가락을 뻗어 도적처럼 포즈를 취하고 있다. 그다음 사진에서는 소년과 파티 드레스 차림의 소녀가 닮

힌 커튼을 등지고 서서 찌푸린 얼굴로 어색하게 손을 잡고 있는데, 소녀의 입술이 떨려서 사진이 흐릿했다. 새뮤얼은 사진 속 추억이 자기 것이 아님에도 감동했고, 어느새 생각은 그가 출소했을 때 그를 자동차에 태워주고 그에게 음식을 먹이고 옷을 주었던 여자에게로 옮겨갔다. 그를 자신의 집으로 데려가 그의 가족을 찾아주려 애썼던 여자였다.

"미안해요." 여자가 말했다. "메리아와 레시 소식은 전혀 듣지 못했어요. 두 사람 소식은 알아내지 못했으면서 아저씨의 어머니가 몇 년 전에 돌아가셨다고 말하려니 유감입니다. 하지만 아저씨 여동생을 찾아냈어요. 그곳으로 데려다줄게요. 여기서 멀지 않아요. 아저씨를 보면 동생분이 아주 반가워할 거예요."

자동차가 멈춰 섰을 때도 여자는 차에서 내리지 않았다. 여자는 새뮤얼을 깨우려는 듯 어깨를 두드렸다. "다 왔어요, 아저씨."

북적이고 번잡한 거리, 높은 아파트 단지 사이 포장도로에 쓰레기가 나뒹굴고 있었다. 여자는 10미터 앞에 있는 건물을 가리켰다. 페퍼민트 그린으로 칠한 외벽에 창은 컴컴했다.

"저 건물이에요. 7층, 2호. 미안해요, 같이 들어가지 못해서. 여긴 주차장이 없거든요." 여자는 표지판을 가리켰다.

"난 단지 근처를 돌고 있을게요. 아저씨가 15분이 지나도 밖에 나오지 않으면 일이 다 잘된 걸로 받아들일게요, 알았죠?"

"그래요. 고맙소."

새뮤얼은 통유리 현관문을 지나 건물로 들어갔다. 복도 바닥과 벽에는 우중충한 회색과 얼룩덜룩한 초록색 타일이 줄 맞춰 박혀 있었다. 그는 계단을 천천히 올라갔다. 7층에 다다르자 더럭 겁이 났다. 그래도 그는 문을 세게 두드리고 기다렸다. 옆집 문이 열리고 잠옷 가운을 입은 여자가 복도로 나왔다. 여자는 등에 아이를 업고 손에는 맥주병을 들고 있었다. 다리에는 또 다른 아이 둘이 매달려 있었다.

"누굴 찾으세요?"

"메리 마사를 찾습니다."

여자는 맥주를 한 모금 마셨다. "3호예요."

여자는 자리에 남아 새뮤얼이 복도를 지나 옆집 문을 노크하는 걸 지켜보았다. 잠시 뒤 뚱뚱한 중년 여자가 문을 열어주었다. 배와 가슴께가 구겨진 흰 블라우스와 회색 바지를 입고 검은 실내화를 신고 있었다. 술 장식이 달린 긴 싸구려 금발 가발을 쓰고 있었다. 잔뜩 찌푸린 채 문을 연 그녀의 표정은 문 앞에 선 사람을 알아보고도 조금도 바뀌지 않았다.

"오빠가 언제 여기까지 찾아낼까 궁금하던 참이었어. 새로운 정부가 죄수들을 석방하고 있다며."

"맞아."

"오빠는 여기서 지내고 싶겠지." 새뮤얼이 좁은 공간을 지나갈 수 있도록 옆으로 비켜서며 메리 마사가 말했다. "그리고 밥도 먹여주면 좋겠다 싶겠지. 부엌은 저쪽이야. 빵을 좀 먹을 수 있을 거야. 저녁 준비는 아직 못했어. 오늘은 아이들이 늦게 집에 돌아올 거라서."

"고맙다." 새뮤얼이 말했다. 작은 부엌이었다. 메리 마사와 함께 서니 몸을 움직일 공간이 거의 없었다.

"그럼 알아서 빵 좀 먹어. 절대 차려주진 않을 거야."

조리대 위에 잘라 파는 식빵이 있었지만 버터나 다른 바를 거리는 보이지 않았다. 새뮤얼은 포장지에서 식빵 한 조각을 꺼내 마른 채로 씹었다.

메리 마사는 블라우스 앞섶에서 순한 담배가 든 담뱃갑과 노랑 형광색 라이터를 꺼냈다. 그녀는 담뱃불을 붙이는 동시에 입가를 실룩이며 말했다. "레시가 죽었다는 소식은 들었겠지."

새뮤얼은 씹는 동작을 멈췄다. "아니."

"음, 난 소식을 전하려고 노력했어. 오빠한테 닿지 않은 건 내 잘못이 아냐."

"어떻게?"

"내가 누군가에게 말하고, 그 사람은 자기가 아는 다른 사람에게 전달하고……."

"아니, 레시가 어떻게 죽었는지. 그게 알고 싶어. 요 몇 달 새 총격과 폭발이 있었단 소문은 교도소에서 들었어. 그 폭발 사건 때문이었나?"

"아니, 그건 아냐. 오래전 일이야. 대략 16년 전쯤일걸. 레시가 살았으면 올해 스물넷인가?"

"스물다섯."

"그래, 16년이나 17년 전이겠네."

"어떻게 죽었지?"

"맙소사, 오빠, 왜 계속 묻지? 난 몰라. 레시는 죽었어. 살아 있었는데, 열이 났고, 그다음 죽었어."

"병원이나 의사는 찾아가봤어?"

"무슨 돈으로? 오빠는 없었잖아. 엄마와 아빠는 늙었고. 나는 임신 중이었는데, 혼자나 다름없었지."

두 사람은 한참 동안 침묵하며 서 있었고, 결국 메리 마사가 빵 조각을 가리켰다. "다 먹었어?"

새뮤얼의 손에는 식빵 4분의 3조각이 들려 있었다. 그는 고개를 끄덕였다.

"그럼 얼른 봉지 닫아, 어휴 답답해 미치겠네. 저러다 빵 맛 버리겠어."

그는 봉지 끝을 비틀고 작은 플라스틱 클립으로 봉했다.

"오빠, 얼른 일을 찾는 게 좋겠어." 그녀가 말했다. "구걸이라도 해야지. 오빠가 무슨 일을 하든 상관 않겠지만, 교도소에서 살 때처럼 재워주고 먹여주길 멍하니 기대해선 안 돼. 잘 들어, 난 이미 애가 둘이야. 셋을 뒤치다꺼리 할 수는 없어."

새뮤얼은 동생 집에서 석 달을 지냈다. 그에게는 열쇠가 없었다. 조카들은 종종 저녁에 메리 마사가 집에 돌아올 때까지 그를 밖에 세워놓고는 텔레비전 소리나 음악 소리 때문에 문 두들기는 소리를 듣지 못했다고 둘러댔다. 그들은 그에게 욕실을 사용하지 못하게 했다. 대신 화장지도 없고 문도 안 닫히고 지린내가 나는 공원의 공중화장실을 쓰라고 했다.

"그 사람은 왜 우리 집에 있는 거야?" 소년이 물었다. "고약한 냄새가 나. 닥치는 대로 먹어. 엄마가 약속한 새 신발을 못 사주는 것도 그 사람 때문이잖아."

"우리 가족이 될지도 모른다는 생각 때문에 그동안은 아무말 안했는데." 소녀가 말을 이었다. "그 사람, 내가 샤워할 때나 내 방에 있을 때 열쇠구멍으로 날 훔쳐봐. 자기 몸을 만지고. 그 사람이 집에 있으면 안전하지 않다는 기분이 들어. 그 사람이 날 강간할 거야."

남동생이 동의했다. "나도 그 사람이 자기 몸을 막 만지는 걸 봤어. 교도소에서 하던 역겨운 짓거리를 여기서도 하고 싶어해. 위험한 사람이야."

얼마 지나지 않아 메리 마사는 손에 등대지기를 구한다는 신문 광고를 들고 집에 돌아왔다.

"오빠가 이 일자릴 얻도록 내가 도울게." 그녀가 말했다. "하지만 그 이후론 다시 연락하며 살고 싶지 않아."

그날 밤, 침대에서 새뮤얼은 잠들기 글렀다는 걸 알았다. 오늘 그가 만든 빵이 발효가 잘되지 않더니 결국 단단하게 엉혀버렸다. 남자가 소파에서 몸을 일으키는 듯 삐거덕 소리가 거실에서 들려왔다. 현관으로 걸어가는 소리, 문 여는 소리, 바깥으로 나가는 소리가 이어졌다. 문을 닫는 소리는 들리지 않았다. 바람이 매섭게 오두막 안으로 들이쳤다. 바람은 창을 덜컹이고 사진들과 커튼을 떨게 했다.

새뮤얼은 혀를 끌끌 찼다. 남자가 바깥에 다시 나갈 일이 뭐가 있을까? 사실 불과 한 시간 전에 두 사람은 변소 앞에서 마주쳐 몸을 부딪치기까지 했다. 새뮤얼이 밖에 나간 건 등대 조명을 점검하기 위해서였다. 기계장치가 여전히 덜컥거렸지만 당장은 고칠 방법이 없어 내일 수리하기로 했다. 등대를 떠날 때 새뮤얼은 남자가 오두막에 있겠거니 생각하며 변소로 걸어갔다. 그곳, 변소 바로 앞에서 그는 눈을 내리깐 채 막 나오던 남자와 어깨가 부딪쳤고, 둘 다 화들짝 놀라 서로 빤히 바라보았다. 상대에게 길을 터주려 왼쪽 오른쪽으로 비킨다는 게 서로를 막는, 어색한 춤사위가 벌어졌다.

문 닫히는 소리, 발소리가 이어졌다. 남자가 오두막에 돌아온 것이다. 부엌 전등이 켜졌다. 불빛은 복도 한쪽 구석으로 들어와 선반 일부를 비추었다. 물 흐르는 소리가 났다. 머그를 조리대에 내려놓는 소리, 포크와 숟가락 등이 내는 달그락 소리가 이어졌다. 새뮤얼은 흠흠, 마른기침을 했다. 달그락 소리가 멈췄다. 전등이 꺼졌고, 어둠 속에서 다시 달그락 소리가 났다. 그다음 고요해졌다.

새뮤얼은 눈을 감고 마음을 놓기 시작하다가 다음 순간 얼어붙었다. 발소리가 그의 방으로 향하고 있었다. 그는 몸을 살짝 일으켰고, 키 큰 그림자를 보았다. "무슨 짓이오? 원하는 게 뭐요? 난 잘 거요."

남자가 더 가까이 다가왔다. 한쪽 손은 주먹을 쥔 것처럼 보였다. 뭐라도 쥐고 있는 걸까? 남자가 침대 발치에 걸터앉았다. 새뮤얼은 이불을 가슴까지 끌어 올리고 다시 말했다.

"뭘 원하지?"

남자가 말하기 시작했다. 남자는 손가락으로 바깥을 가리켰다. 그는 어둠 속에서는 뜻을 알아차리지 못할 몸짓을 새뮤얼에게 해 보였다. 특정 단어를 반복하는 것도 같고, 자기가 주인공인 어떤 이야기를 하는 것도 같았다. 그다음 남자는 몸을 숙이고, 오른손을 들고, 검지를 올리고, 검지로 칼처럼 자신의 목을 그었다.

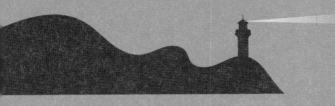

AN ISLAND

셋째 날

칼을 쥔 남자가 이를 드러내며 자기를 내려다보고 있다고 확신하며 새뮤얼은 흠칫 놀라 깼다. 하지만 그가 눈을 떠 둘러봤을 때 방은 비어 있었다. 괴괴하고 서늘한 방. 한동안 방에 들어온 이는 없었다.

새뮤얼은 여느 아침처럼 옷을 입으면서도 자기 목을 긋던 남자의 선뜩하도록 선명한 이미지를 떨칠 수 없었다. 남자에게는 그 몸짓이 분명 다른 의미였을 거라 자신을 설득하려 애썼지만, 또 다른 의미가 무엇인지 짐작되지 않았다.

새뮤얼은 두 손으로 목을 감싸며 침실 문간으로 걸어가 남자가 깨어났는지 거실 쪽을 살폈다. 어젯밤 둘 중 누구도 커튼을 닫지 않은 듯했고, 거실은 평소 이맘때보다 밝았다. 남자는 소파 위에 한껏 웅크리고 누워 있었다. 오른손은 뭔가를 쥐고 있다가 떨어뜨린 것처럼 살짝 주먹이 쥐여 있었다. 새뮤얼은 지켜보면서 남자에게 총을 쏘는 게 얼마나 쉬운 일일지 생각했다. 그저 남자가 잠든 사이 총을 들어 방아쇠만 당기면 그만이다. 죽은 남자를 섬을 에두른 돌담 밑에 묻지는 않을 것이다. 절대로. 시신은 애초에 자신이 떠나온 그 자리로 돌아가야 할 것이다. 새뮤얼은 시신을 끌고 바다로 가능한 한 깊이 걸어 들어간 다음 파도가 시신을 낚아채 그것을 왔던 곳으로 되돌리는 걸 지켜볼 것이다. 상당한 뒤처리가 따를 것이다. 벽을 말끔히 닦아내고, 소파는 아마 불태워야 하리라. 치멜루에게는 어쩌다 소파를 버리게 되었는지 핑계를 둘러댄 다음, 이디스에게 잘 말해서 버려진 안락의자를 구해달라고 사정해야겠지. 이디스는 모른 체하지 않을 것이다. 이름 하나 말고는 가진 것 없이 혼자 살아가는 늙은이의 간청을 거절하지 않을 것이다.

새뮤얼은 팔을 들어 올리고, 쐈다. 해치웠다. 단지 그에게 총이 없고, 남자는 여전히 살아 있을 뿐. 새뮤얼은 시선을 돌렸다. 유리창에 회색 물방울들이 맺혀 있었다. 마치 누군가 바깥에서 집 안을 들여다보며 입김을 분 것처럼. 새뮤얼은 한순간 그 상상을 현실로 받아들였다. 남자의 가족들이 들이닥

처 이 섬이 남자의 섬이라고 주장한다고, 그들이 자신을 지켜보고 있다고. 열린 문 너머로 그들이 다가온다. 침몰선에서 빠져나온 시체들, 흠뻑 젖은, 바다에 던져진, 소금기로 얼룩덜룩한 시체들이 돌담을 기어오르고, 구부정한 자세로 모래 투성이 오르막길을 오르고, 웃자란 누런 풀들을 가로지른다. 그들보다 더 불길한 존재들이 보인다. 해골들. 돌담 아래에서 일어난 해골들이 돌멩이들을 떨어뜨리며, 뼈마디 하나하나가 해체되면서 다가온다.

둥글게 만 한쪽 손바닥에 숨을 내뿜자 얼굴에 입김이 두껍게 끼쳤다. 그는 미쳐가고 있다. 확실하다. 어지럼증을 느낀 일, 자빠진 일, 악몽의 장면들이 생생하게 떠올랐다. 다른 모든 기억들이 되살아나는 지금, 남자가 여기 있다. 이 사실이 새뮤얼을 아프게 했다.

새뮤얼은 눈을 껌벅거리고 소파 쪽을 돌아보았다. 커피 탁자에 무언가가, 그가 처음 방에 들어왔을 때 알아채지 못한 물건이 놓여 있었다. 남자는 저것들을 별빛 아래서 만든 게 분명했다. 불을 켜면 새뮤얼이 깰까 봐 그랬을 것이다. 남자는 자선물품 상자에서 잼 단지 하나를 꺼낸 다음 불쏘시개용 잡지에서 찢어낸 파란 종이와 흰 종이를 작은 진주알만 하게 굴려서 단지를 채웠다. 그다음 케이블타이와 단추와 철사를 이용해 알록달록한 꽃다발을 만들었다. 종이 꽃다발, 이민자와 난민 들이 만들어 팔던 물건이다. 그들은 작은 구슬을 꿰어 만든 물건들과 보석과 그릇과 풍차도 만들었다. 정성을 다해 만들었으나 푼돈도 받지 못하는 물건들.

새뮤얼이 어릴 적 도시 빈민가에는 이민자들이 많았다. 새뮤얼의 가족보다 먼저 정착해 살던 이들도 있었다. 그들은 결혼한 시민권자였고 자식을 낳았다. 새뮤얼의 집과 마주한 길 건너편엔 조국 독립 후에 이어진 내전을 피해 떠나온 부부가 살고 있었다. 오랫동안 그 부부를 잊고 살았음에도, 매일 아침 철사와 구슬이 든 바구니와 담요 한 장을 들고 햇볕 쨍쨍한 거리에 나와 앉아 물건을 만들던 그들이 느닷없이 기억났다. 아침식사 뒤 새뮤얼이 아버지를 업고 바깥으로 나를 때, 이민자 부부는 고개를 숙여 인사하곤 했다. 새뮤얼의 아버지는 의자에 앉아 지나가던 아이들을 불러 세우고는 요즘 학교는 어떤지, 이제 모든 상점과 학교와 공공 건물에 장식된 화려한 대통령 사진 앞에서 충성 맹세를 하는지 묻곤 했다. 아버지는 아이들에게 위대한 분이 아직 그들을 방문하지 않았느냐고 묻고는 대통령 취임식 축하 퍼레이드 때부터 간직해온 해진 종이 국기를 보여주며 위대한 분을 만나 악수할 수 있다면 소원이 없겠다고 말했다.

어느 날 아침, 새뮤얼의 아버지는 길 건너편에 있던 이민자 부부를 소리쳐 부르며 국기를 흔들었다. "우리가 이 나라에서 이뤄낸 행복한 결말을 당신네 나라는 맞이하지 못해 유감이오. 대신 당신들이 이곳에서 새롭고 더 나은 삶을 살게 되었다니 기쁘다오."

이민자 여자는 미소만 짓고 말았지만 남자는 말했다. "아저씨, 우리도 처음엔 행복한 결말인 줄 알았습니다. 이런 말씀드리게 되어 유감입니다만, 우리도 처음엔 아저씨처럼 희망에 부풀어 있었습니다."

새뮤얼의 아버지는 하하 웃었다. "아니네, 친구, 그럴 리 없다네. 이곳은 자유로운 민주주의 국가야. 우리는 주권을 되찾았고, 완전한 독립을 쟁취했소. 이 나라엔 앞으로 어떤 분란도 없을 거요. 당신네 나라는 잘못된 방법으로 독립을 했지. 큰 실수를 저질렀어."

"글쎄요, 아저씨. 두고 보십시오."

"두고 보고 말 것도 없어. 자네 말은 틀렸어, 아주 틀렸어."

이견은 있었지만 새뮤얼의 아버지는 이민자 부부와 친구가 되었다. 아버지는 새뮤얼에게 길 건너편으로 자기를 옮겨 달라고 한 다음 함께 마실 커피를 가져오게 했다. 아버지는 이민자 부부와 이야기를 나누며 오전을 보냈다. 얼마 지나지 않아 그는 이민자 부부를 도와 철사에 구슬을 꿰고, 소다수 깡통을 자르고, 아이들이 먼지 날리는 거리에서 경주 놀이를 할 멋진 장난감 자동차를 만들었다. 하지만 절대 보수를 받으려 하지 않았다. 돈을 받는 건 안 될 일이라고 했다. 예나 지금이나 가난을 벗어나지 못했음에도. 이민자 부부는 새뮤얼의 어머니에게 몰래 돈을 주었다. 어머니는 받은 돈을 낡은 머릿수건 밑에 숨기고 새뮤얼에게 말했다. "난 난민들에게서 돈을 받는 게 부끄럽지 않다. 그들은 좋은 사람들이야, 하지만 그들이 여기서 사는 건 다 우리 덕분이니 그들에게 고마움을 치를 기회를 줘야 맞잖니."

그런 감정을 가진 건 새뮤얼의 어머니만이 아니었다. 독립은 약속된 것들을 가져다주지 못했다. 사실 많은 사람이 이전보다 지금이 살기 팍팍하다고 불평했다. "투표권이 생긴 건 아주 잘됐고 좋은 일이야." 사람들은 말하곤 했다. "하지만 선거가 무슨 밥을 먹여주던가? 아니잖아, 응?" 새 국기도, 국가를 연주하는 화려한 트럼펫 소리도 먹을 수는 없는 것이었다. 불만이 싹트고, 지켜지지 않은 약속들에 대한 냉소가 사람들을 감염시키기 시작했다. 새뮤얼은 그런 냉소에 공감했다. 그가 보기에 아버지는 속없이 싱글벙글하는 불구자에, 대통령을 메시아만큼 선한 사람이라 말하면서 대통령이 곧 빈민가를 찾아와 조국에 봉사하다 다친 사람들과 죽은 이들의 가족에게 감사를 표할 거라 철석같이 믿는 바보였다. 아버지는 자신이 미래로 나아가는 데 중요한 역할을 했다고 생각했고, 역사 발전에 한몫했다는 자부심이 대단했다. 하지만 새뮤얼에게 아버지는 동지들에게도 이미 잊힌 남자, 매일 똑같은 말로 과거나 회상하는, 그래서 사람들이 지겨워하며 뒷골목으로 피하게 만드는 남자일 뿐이었다.

그 무렵, 훗날 독재자가 된 그 장군이 대중에게 인기를 얻기 시작했다. 장군은 시간을 내어 빈민가를 찾아와 사람들의 불만과 슬픔을 들어주었다. 사람들이 모이면 장군은 우렁찬 목소리로 말했고, 군중이 불어나면 메가폰을 잡고 그 진동에 모두가 휩쓸릴 정도로 소리 높여 외쳤다. 그는 국민들이 느끼는 두려움을 대변하며 여러 가지를 약속했다. 국민들이 당하는 고통을 외국인 탓이라고 비난하고, 그 문제를 끝장내겠다고 맹세했다.

"배고프십니까? 내 말을 들어주십시오. 춥고 두려우십니까? 내 말을 들어주십시오." 그는 군중에게 말했다. "나도 여러분과 똑같습니다. 여러분 심정이 어떤지 너무도 잘 알고 있습니다. 이 군복만 보고 속단하지 마십시오. 이 군복을 벗으면 나도 여러분 한 사람 한 사람과 똑같은 보통 사람입니다.

우리는 독립을 위해 싸웠습니다. 나라를 세우려 투쟁했습니다. 사랑하는 사람을 잃고, 감옥에 갇히고 상처 입었습니다. 적지 않은 사람들이 세상을 떠났습니다. 그토록 뼈 빠지게 고생한 우리가 어째서 아직도 외국인과 나라를 나눠 가져야 합니까? 외국인은 자기 나라로 돌아가 그들의 자유를 위해 투쟁하라지요! 외국인이 이 땅에서 우리 걸 갈취하고 우리가 힘들게 쟁취한 것을 훔치게 둘 순 없습니다. 이 땅은 우리 땅이며, 우리 말고는 그 누구도 이 나라에 대한 권리가 없습니다. 우리 말고는 누구도 여기 있을 권리가 없습니다. 이 나라는 우리, 오직 우리만의 나라입니다. 이제 외국인은 더는 환영받지 않는다는 사실을 똑똑히 보여줍시다. 그들을 내쫓을 시간이 되었습니다!"

장군은 새 정부와 대통령을 들먹이며, 그들이 가장 당면한 문제를 외면한다고 주장했다. 국민의 피땀으로 권좌에 오른 그들이 국민을 신경이나 썼던가? 그들이 국민을 돌보고 있는가? 권력은 국민에게 증오를 가르쳤다. 권력을 쥐는 순간 권력자들은 자신들만 중히 여기고 나머지 모두를 잊었다.

이것은 새뮤얼로서는 기억하고 싶지 않은 일이다. 시간이 흘러도 부끄러움 없이는 떠올릴 수 없는 기억이다. 장군이 '솎아내기'라고 불렀던 이민자 소탕 작업에 그가 어떻게 가담

했던가. 그는 이민자들과 아무 문제 없이 살고 있었다. 하지만 그는 가슴 가득 분노를 품은 젊은이였고, 증오의 물살이 그의 동네를 덮쳤을 때 거기 휩쓸렸다. 훗날 그는 그 일을 잊으려 애썼다. 장작 위에 놓인 도끼를 집어 들고 거리의 소요에 합세한 그날의 기억을 지우고 싶었다. 비록 그날 아무도 죽이지 않았어도, 아버지의 순진함과 아버지의 망가진 몸과 빼앗긴 계곡의 집과 더러운 도시의 남루한 삶이 너무 서럽고 싫어서 닥치는 대로 부수고 사람들을 쫓아간 기억을.

부끄러움은 곧장 찾아오지 않았다. 아버지의 친구들을, 애원하는 그들을 살던 집에서 쫓아내고, 그들의 바구니를 부수고, 구슬로 만든 물건들을 끔찍한 학살의 산물인 양 여기저기 버려두었을 때도 새뮤얼은 부끄러움을 느끼지 않았다. 이민자 여자가 거리에서 발을 헛디뎌 넘어지는 걸 보면서, 남자가 오줌을 지리는 걸 보면서, 그들의 아이들이 어색한 외국어로 중얼거리는 걸 보면서도 새뮤얼은 웃었다. 그런 다음 소탕 작업이 끝나고 시신과 잔해들이 깨끗하게 치워졌을 때, 그는 도끼를 자세히 살펴보았다. 이 도끼로 사람을 내리치지는 않았지만, 손잡이에 묻은 한 점의 핏자국을 보며 그는 영웅이 된 기분으로 며칠 동안 고개를 높이 들고 거리를 활보했다.

새뮤얼의 부모는 아들이 이민자 학살에 가담했을 줄은 꿈에도 생각하지 못했다. 설령 그들이 사실을 알게 되었더라도 아들의 입을 통해서가 아니었을 것이다. 새뮤얼의 부모는 점점 멀어지는 아들을 이해할 수 없었다. 도시에서 살면서 어려움은 늘 있었지만, 가족을 먹여 살리는 일만은 늘 챙겼던 아들이었다. 그런데 이제 아들은 집에 아무것도 가져오지 않았다. 아들은 아침 일찍 집을 나서서 이튿날 꼭두새벽에야 돌아왔고, 늘 빈손이었다. 잠은 거의 자지 않았으며, 일어나는 대로 다시 집을 나서곤 했다.

집을 나선 새뮤얼은 시내를 걸으며 도망치거나 죽은 사람들이 남긴 빈 장소들을 관찰했다. 그를 가슴 뛰게 하던 자부심은 꺼지고, 피를 보며 느꼈던 희열도 사라졌다. 그는 자신이 저지른 짓과 자신이 초래한 파괴가 두려워졌다. 그는 사라진 것들, 그 부재와 맞서고 부재를 응시하면서도 한편으로는 자신은 비난받을 짓을 하지 않았다고 애써 자위하고 있었다. 그가 무슨 짓을 했단 말인가? 그는 아무 짓도 하지 않았다. 거의 아무 짓도. 그는 방관자에 불과했다. 그는 결백했다.

그는 친구들을 더는 만나지 않았으며, 도둑질과 빈둥거리기도 그만두었다. 그는 홀로 거리를 걸었다. 구두 밑창이 점점 얇아지다 갈라지면 타이어 조각으로 기워 수선했다. 반짝이던 미국 스타일 양복은 이제 우스꽝스러운 차림이 되었다.

그는 늘 똑같은 길을 걸었기에 사소한 변화도 당장 알아차렸다. 떠났던 사람들과 새로운 사람들로 빈 장소들이 조금씩 채워지고 있었다. 1년이 못 되어 세상은 소탕 작업이 일어난 적이 없는 것처럼 보였다. 그러나 세상은 달라졌다. 장군은 행동을 개시했고, 대통령의 시신은 어딘가 도랑에서 썩어가고 있고, 무장 자경단은 공공질서를 유지한다며 통행금지령을 시행했고, 새뮤얼은 전보다 덜 배회했으며 사람들은 두려움에 떨고 있었다.

새뮤얼이 메리아를 처음 본 게 이때였다. 그녀는 그가 늘 지나다니는 뒷골목 중 한 곳의 어느 술집에서 널조각 테이블에 무리와 함께 앉아 있었다. 그 무리는 거의 매일 저녁 술집에 나왔는데 대개 다섯 명이었다. 새뮤얼이 그들의 존재를 인식하게 된 건 그들이 자리한 위치 때문이었다. 다른 사람들은 대개 야외 테이블에 앉아 초저녁의 시원함을 즐기면서 아는 사람을 찾거나 지나가는 사람과 수다를 떨었다. 하지만 이들은 늘 실내 자리를 고수하고 자기네 테이블 너머의 일에 무관심했다. 저들은 왜 늘 저 자리를 고집할까, 저들이 지키려 하는 비밀은 무엇일까, 새뮤얼은 궁금했다.

얼마 뒤 새뮤얼은 무리의 구성원들을 구별할 수 있게 되었다. 남자는 세 명이었다. 어깨가 벌어지고 체격이 좋은 키 큰 남자. 어깨가 약간 처진 더 젊은 남자. 그리고 머리칼이 빠지기 시작해 이마가 훤한 남자. 처진 어깨의 남자 옆에는 늘 아프로 헤어스타일을 한 여자가 앉았는데, 평소 그 머리를 싫어하던 새뮤얼은 여자까지도 호감이 가지 않았다. 하지만 메리아는 달랐다. 삭발한 머리가 그녀의 얼굴을 더 검어 보이게했다. 피부색이 너무 짙어 새뮤얼은 처음에는 그녀를 이민자로 생각했는데, 한번 가까운 거리에서 그녀의 눈을 보고 이민자가 아님을 알게 되었다. 다른 여자들은 원피스를 입고 보석을 달았지만 메리아는 바지 차림에 어떤 장신구도 하지 않았다. 맥주잔을 앞에 두고 웅크린 자세는 늘 화가 난 듯 보였다. 그녀는 말을 할 때 종종 손가락질을 했다. 남이 말할 때는 고개를 살짝 갸웃거렸다.

어느 날 저녁, 새뮤얼은 술집에 들어가 맥주를 주문했다. 그는 무리를 등지고 작은 테이블에 앉았다. 그들은 낮은 목소리로 속닥거렸지만 좀도둑질로 몇 년을 보낸 새뮤얼의 귀는 놓치지 않고 들었다. 들리는 내용이 실망스러웠다. 그들이 낮지만 흥분한 목소리로 속닥거리는 건 그가 종종 아버지를 따라 참석한 모임에서 귀에 못이 박이도록 들은 내용뿐이었다. 독재자, 압제, 언론의 자유.

"우리의 적은." 메리아가 말하고 있었다. "정치적 이득을

꾀하는 작자들, 사기 치고 거짓말하는 자들, 뇌물을 받는 자들이야. 그 작자들은 쓰레기 장관들일 뿐이며, 국민이 굶어 죽든 말든 위세를 떨고, 해외에 국력을 과시하려 돈을 펑펑 써대지. 우리에겐 새로운 질서가 필요해. 뇌물수수든 횡령이든 어떤 식으로든 부패한 놈들을 반드시 끝장내야 해. 싹 공개 처형하고 근절해야 해. 그게 인민당의 목적이야. 우리의 목적은 죽이는 거야. 다른 방법은 없어."

메리아의 그 같은 관점과 시각에도 새뮤얼은 그녀에게 매혹되었다. 그녀는 그가 도시 주변에서 만나던 여자들과 달랐다. 다른 여자들은 시시한 선물이나 술 한잔에 그와 잤고, 돈의 출처가 어디든 돈 있는 남자라면 무작정 좋아했다. 그 여자들은 이제 후줄근한 양복에 깁은 구두를 신고 거리를 배회하는 새뮤얼과 마주치면 그를 모르는 사람 보듯 경멸하는 눈으로 쳐다보았다.

술집을 찾아가 한 시간 동안 맥주를 홀짝이며 그들의 말을 듣는 게 새뮤얼의 새로운 일상이 되었다. 가끔 메리아의 눈빛이 그를 향했는데, 그럴 때면 그를 노려보며 옆자리 동지에게 속닥거렸다. 어느 날 그녀가 벌떡 일어나 소리쳤다. "이봐, 양복쟁이. 당신 스파이야, 뭐야? 우릴 잡아가려면 당장 잡아가고, 아니면 꺼져버려."

"아니야." 그가 말했다. "난 스파이가 아냐."

"스파이가 아니면 왜 그러는 건데? 원하는 게 뭐야?"

"난 듣는 걸 좋아해. 그게 다야. 사람들이 하는 말을 듣는 건 흥미롭거든."

그때 넓은 어깨를 자랑하는 빅 로가 걸어와 손을 내밀며 새뮤얼에게 합석하라고 했다.

"저런 옷을 입고 다니는 사람을 우리 자리로 들이겠다고?" 메리아가 말했다.

빅 로는 껄껄 웃고 새뮤얼을 위해 의자를 빼주었다. "메리아가 하는 말 신경 쓰지 마." 그가 말했다. "낯선 사람과 친해지기까지 워낙 뜸을 들이는 성격이거든."

다른 사람들도 새뮤얼을 크게 환영하며 이름과 고향을 물었다. 아프로 헤어스타일의 여자는 케다였고, 어깨가 처진 남자는 그녀의 남자친구 셀로였다.

"케다와 나는 남서부 출신이야." 셀로가 말했다. "우리 부족은 농사를 짓지. 우리 말소리가 재미나게 들린다는 거 알아, 빅 로가 툭하면 우리 억양이 특이하다고 말하거든. 하지만 우리 귀에는 너희 도시 사람들 억양도 우리 못지않게 이상해." 그는 소리 내어 웃었다. "가끔 난 우리가 같은 나라 사람이란 사실을 잊어."

"나는 한때 시골에서 살았어." 새뮤얼이 말했다. "우리 가족은 강제로 이주당했어. 너희는 왜 시골을 떠났지?"

"우리는 너처럼 불운하지는 않았어." 케다가 말했다. "우리는 원해서 도시로 왔어. 이곳에 온 지 여덟 달 됐지. 처음에는 노숙을 했고, 살아남기 위해 끔찍한 일을 해야 했어. 하지만 인민당이 우리를 발견해 도와줬어. 이제 우리는 당원이고, 우리는 보답하기 위해 그들을 돕고 있어."

"전당대회에 가본 적 있어?" 이마가 점점 넓어지는 주마가 말했다.

"너희를 만나기 전에는 그런 게 있는 줄도 몰랐어. 정부에 반대하는 당은 무조건 금지된 줄 알았으니까."

"뭔가를 금지한다고 그걸 사라지게 하지는 못해."

"맞는 말이야."

"하지만 넌 폭군에 맞서 투쟁하자는 이념에는 동의하지 않잖아. 넌 독재를 지지하지?" 빅 로가 물었다.

"아니, 그런 말이 아니야. 저항권에 대해서는 내가 좀 알아. 우리 아버지가 독립 투쟁을 했거든."

"멋지다." 주마가 말했다. "너는 어땠어? 너도 투쟁했어?"

"아니, 난 너무 어렸어."

메리아는 테이블을 손바닥으로 내리쳤다. "독립운동은 고작해야 몇 년 전 일이야. 당신은 그때 십 대였을 텐데. 신념만 있다면 얼마든지 투쟁할 나이지. 겁쟁이가 아니라면 말야. 적어도 자신이 겁쟁이라는 건 인정해야 옳지 않겠어?"

"메리아." 빅 로가 말렸다.

"겁쟁이들에게 내줄 시간은 없어." 메리아가 말했다.

이후 새뮤얼은 그들과 함께 걸었다. 그날의 산책을 그는 또렷하게 기억한다. 이슥한 저녁이었고, 거리는 차량으로 북적이고, 노점상들은 통금 시간을 앞두고 자리를 비우기 시작했다. 한 병사가 고개를 뒤로 돌린 채 작별인사를 하며 입구에서 나왔다. 군인이 반대쪽을 보고 있던 탓에 새뮤얼과 몸이 세게 부닥쳤다.

"조심해, 꼬맹이." 군인이 말했다. "사과할 줄 몰라? 죄송하다고 해야할 거 아냐?"

"죄송합니다." 새뮤얼이 말했다.

"똑바로 해."

군인은 새뮤얼의 흔적을 지우려는 듯 셔츠 앞자락과 소매를 문지르며 걸어갔다.

다른 일행은 계속 걸어갔지만 메리아는 새뮤얼을 기다려주었다. 새뮤얼은 얼굴이 붉어지는 걸 느꼈고, 그 군인을 향한 욕설을 고르며 잠시 고민하다가 순간 손을 뻗어 그녀의 손을 잡을 뻔했다. 하지만 그때 그녀가 비꼬듯 말했다. "오, 그래, 양복쟁이. 이제 나도 알겠어. 당신이 진짜 사내야. 자기 신념을 위해서 거칠게 싸우는 사람이네."

그는 손을 떨어뜨리고, 어깨를 움츠리고, 작별인사도 없이 왼쪽으로 몸을 틀어 골목으로 들어갔다.

군인과 부딪쳤다고는 해도 작은 멍 하나 없었지만, 새뮤얼은 크게 다친 것처럼 팔을 보호했다. 천 조각을 길게 찢어 팔이 삼각형 모양으로 접히게 단단히 감았다. 사람들이 물으면 넘어졌다거나 오토바이 택시에 치였다고 말했다. 그는 술집과 그 무리를 피하고 다시 거리를 강박적으로 배회했다. 그는 그 군인을 찾아다녔다. 군인의 얼굴을 기억하고 있었다. 수염, 작은 치아, 양쪽 눈 아래에 검은 점이 점점히 박혀 언뜻 아파 보이는 인상. 새뮤얼은 그 군인을 찾아내는 상상을 했다. 군인을 향해 어떻게 걸어갈지도. 포장도로에서 당당하게 다가가 길을 막고, 군인이 어쩔 수 없이 비칠비칠 옆걸음질하게 만들 생각이었다. 또는 군인에게 냅다 달려가서 세게 들이받아 고꾸라뜨리거나.

새뮤얼은 그 군인을 여러 번 마주쳤다. 몇 번은 성큼성큼 다가갔고 몸과 마음이 모두 준비되어 있다고 생각했다. 하지만 늘 마지막 순간에 군인을 박치기로 바닥에 쓰러뜨리는 건

꿈일 뿐 자신에겐 그럴 배짱이 없음을 알았고, 그래서 늘 옆으로 비켜섰다.

실패가 거듭되자 새뮤얼은 팔에 건 붕대를 풀었다. 그는 군인 찾기를 포기하고 술집으로 돌아갔다. 그를 보자 메리아가 피식 웃었다.

"돌아왔네, 양복쟁이. 다쳤다는 얘기 들었어. 이리 와 앉아. 끔찍하게 다쳤다면서 왜 우리에게 꽁꽁 숨기는 거야?"

몇 달이 지난 어느 날 오후, 갑자기 소나기가 세차게 쏟아졌다. 새뮤얼은 술집으로 향하는 길이었다. 우산이 없어 제일 가까운 상점으로 뛰어갔다. 고개를 숙인 채 상점으로 들어가며, 마침 자신을 위해 문을 잡아준 사람에게 고맙다고 웅얼거렸다. 고개를 들었을 때는 너무 늦었다. 그 군인은 접은 신문을 머리에 얹고 이미 거리를 달려가고 있었다.

거실에서, 새뮤얼은 소파에 누워 있는 남자를 내려다보았다. 누군가에게 모욕을 주고, 그 얼굴을 짓이기고, 움츠린 겁쟁이로 만들고 싶었던 욕망을 떠올리며 그는 다시 조준하고 총을 쏘았다.

새뮤얼은 허둥지둥 오두막을 나섰다. 문턱을 넘자마자 어제 느낀 어지럼증이 다시 도져 등대 계단 옆에서 비스듬히 자라나는 나무를 짚은 채 숨을 가다듬었다. 축구 유니폼 저지의 목깃을 잡아당기다 검은 목을 가로로 긋던 손가락이 다시 떠올랐다. 다만 이번엔 그 손가락이 살을 가르고 파고들었다. 상처가 벌어지며 갈라진 머리가 뒤로 젖혀졌고, 그 사이 검은 공간이 쩍 드러났다. 그는 켁켁거리며 돌계단 세 개를 더듬고 얼굴을 쳐들며 계단에 앉았다. 부드러운 바람이 그를 건드렸다. 파도가 가볍게 해안에 밀려오고 머리 위에서 갈매기들이 끼룩거리며 날고 있었다. 그 소리가 새뮤얼을 놀라게 했다. 착란에 빠진 그에게 갈매기 울음소리는 아기 울음소리로 들렸다. 그는 그 소리가 정말 레시의 울음소리인지, 레시가 이 섬에 있는 것인지 고민했다. 죽은 아기가 그에게 돌아오고 있는 것일까.

새뮤얼이 메리아와 같이 잔 건 고작 몇 번이었다. 항상 어둠 속에서 허겁지겁 일을 치렀다. 언제나 비밀이었다. "우리 사이에 대해 아무한테도 말하지 마." 메리아가 말했다. "꿈에서라도 말하면 안 돼." 하지만 임신한 그녀가 찾아가 "당신 아기야" 하고 말한 사람은 새뮤얼이었다. 둘 다 그녀에게 다른 남자들이 있다는 걸 알고 있었지만 그는 그 남자들 이야기를 꺼내지 않았다. 두려움으로 의기소침해 보이는 그녀에게 그런 말을 할 수는 없었다.

"아무것도 걱정하지 마." 새뮤얼이 말했다. "다 잘될 거야." 그는 메리아를 안았고, 그녀가 긴장을 풀며 그의 어깨에 기대는 걸 느꼈다. 그는 몸을 살짝 숙여 그녀의 이마에 입 맞췄다. "내가 돌봐줄게. 당신에게 좋은 남편이 될게. 우리는 함께 가족을 이룰 거야. 다른 일은 아무 문제가 안 돼."

그 말이 부드러운 분위기를 깨뜨렸다. 메리아가 그에게서 몸을 뗐다. "제기랄, 당신은 늘 그런 식으로 말하지. 당신다워. 다른 남자의 아기를 받아들이는 남자, 당신을 지겨워하고 못 견뎌하는 여자와 결혼하고 싶은 한심한 남자."

임신 소식에 새뮤얼의 아버지는 크게 기뻐했다. 독립된 세상에서 손주를 보는 것은 그의 가장 큰 소원이었다. 메리아가 인사하려고 찾아온 날, 그는 별다른 말 없이 그녀의 점점 불러오는 배만 유심히 바라보았다.

메리아는 기뻐하지 않았다. 그녀는 단칸방에 채 10분도 머무르려 하지 않았고 아무것도 먹지도 마시지도 않았다. 그녀는 구걸로 살아가는 가난한 새뮤얼의 가족을 경멸했다. 그의 아버지의 떨리는 다리를 경멸했다. 군인이면 무작정 좋다며 온갖 애교를 떨다가 이제는 군인이 된 도그와 가까워진 그의 동생에게도 진저리를 냈다. 그녀가 가장 경멸한 건 새뮤얼 가족이 '소탕 작업'으로 사라진 이웃의 사업을 물려받았다는 사실이었다. 달라진 게 있다면, 새뮤얼 가족은 구슬과 철사로 만든 장식품이 아니라 작은 국기와 나라를 형상화한 물건, 군복을 입은 작은 남자들을 만들었다. 색을 바꾸거나 모양을 변형하는 건 허용되지 않았다. 정부에 반대하는 당이나 연루자로 오해받을 수 있으니까. 그런 사람들은 추방되고 사냥되고 살해당했다. 그래서 새뮤얼 가족은 초록과 빨강, 검정, 그리고 군대를 표현하는 우중충한 카키색을 사용했다.

새뮤얼과 그의 새 친구들이 모임에 나가는 길에 포장도로에 앉아 이런 물건들을 팔고 있는 메리 마사 옆을 지날 때가 가끔 있었다. 메리아는 메리 마사를 본체만체하고 일행과 함께 걸어갔다. 한번은 새뮤얼이 걸음을 멈추고 말을 걸었다.

"안녕, 오늘 많이 팔았어?" 그가 물었다.

"더러운 신발로 내 담요 밟지 마."

"미안." 새뮤얼은 뒷걸음친 다음 뭔가를 질경질경 씹으며 웅크리고 앉은 메리의 발치를 내려다보았다. "우리와 함께 갈래? 너도 좋아할 거야. 모임이 정말 재미있거든."

"오, 어련하시겠어. 나머지 식구들은 오빠를 먹여 살리느라 애면글면하는데, 오빠는 어떻게 하면 세상을 구할까 떠들고 다니느라 하루하루가 너무 신나고 재미있겠지."

"그렇게 말하지 마. 그럴 리 없잖아."

"아니라고?"

새뮤얼은 길바닥에 쭈그리고 앉아 철사와 구슬로 만든 군인을 집었다. "이거 좋다. 누가 만들었지?"

"누구겠어? 우리 아버지지."

"음. 아주 괜찮은데."

메리는 담요에서 먼지를 떼어내 손가락으로 튕겼다.

"우리가 골짜기에 살았을 때 아버지가 우리 주려고 조각한 장난감 기억나?"

"안 나."

"왜 그래. 기억하면서. 아주 멋진 장난감들이었잖아. 사자며, 코끼리며."

"기억 안 난다고. 난 아기였어. 골짜기 따위 기억에 없어."

새뮤얼은 군인을 내려놓았다. "말해봐, 최근에 도그를 만났어?"

"그 말은 꺼내지도 마. 난 열여섯 살이야. 내가 하고 싶은 일은 뭐든 할 수 있어."

"그냥 물어만 본 거야. 내 친구였으니까, 알잖아."

"그 사람이 오빠한테 어떤 존재였는지 알고, 지금 어떤지도 알아. 오빠 인생은 참 좋겠어, 모든 사람을 평가하고 심판하며 제 좋아하는 짓만 하고 다니고, 책임은 나 몰라라 해도 되니까."

"난 책임지고 있어. 이 나라에 대한 책임을……."

"재수 없어, 새뮤얼. 그딴 헛소리 듣고 싶지 않아. 그냥 꺼져줘. 그럴 거지? 그 잘난 모임에나 가. 날 내버려둬."

집에 찾아왔을 때 메리아는 새뮤얼의 부모가 일하는 모습을 유심히 보았다. 새뮤얼의 어머니는 흐릿한 조명에 눈을 가늘게 뜨고 희미하게 웃었다.

"우리는 돈이 없어 자식들을 학교에 보내지 못했단다." 새뮤얼의 어머니가 말했다. "하지만 너희 아이는 많은 기회를 가질 게야. 그렇게 되도록 우리가 열심히 일할 거다. 너희 아이는 글을 읽고 쓸 거야. 교육받은 사람이 되어 버젓한 직장에 들어가고. 어쩌면 은행에서 일할 수도 있겠지."

새뮤얼의 아버지가 고개를 끄덕였다. "오, 아무렴 그렇고 말고. 그리고 그 아이는 자기의 창창한 미래에 어울리는 이름을 가질 게다. 자유나 독립 같은. 꼭 그 이름이 아니더라도 아무튼 비슷하게 멋지고 좋은 이름을 가지겠지. 그래서 자기 이름을 말할 때마다 할아버지가 무엇을 위해 싸웠는지 떠올리고, 노예 제도를 박살 내고 자유라는 선물을 주었다는 사실을 되새기면서 자랑스러워할 게다."

그때 메리아는 더 참지 못하고 소리쳤다. "자유가 어디에 있어요? 독립이 무엇을 가져다주었죠? 당신 세대가 우리에게 준 건 절망, 오직 절망뿐이에요. 당신 세대는 실패했어요. 과거의 모든 과오를 완전히 근절시킨 뒤 처음부터 다시 시작해 과거의 일을 답습하지 않도록 애썼어야 했는데, 그러질 못했죠. 부패한 엘리트들은 가난한 이들을 노예로 만들고 있어요. 가난한 사람들이 마땅히 봉기해야죠. 바로 그때, 비로소 자유가 오는 거예요. 그저 말로만 자유를 위해 죽을 뻔했다고 자위하면서 밥이나 얻어먹는 절름발이로 자유라니. 이건 자유가 아니고, 내가 낳을 어떤 아이도 이렇게 착취당하

는 감옥 같은 생활을 실제와 다르게 생각하도록 가르치지 않
을 겁니다."

새뮤얼의 아버지는 눈을 껌벅거렸다. "애야, 무척 화가 났
나 보구나. 마음을 다스리지 못하면, 매사에 억울해하는 아이
가 태어나겠어."

"얼간이처럼 생각하는 것보단 차라리 그게 낫죠."

이런 일이 있었음에도 메리아는 곧 새뮤얼 가족의 집에 들
어와 살 수밖에 없었다. 그녀는 대행사에서 일하며 국영매체
신문에 실릴 영어 국제뉴스를 번역했다. 하지만 정부 검열이
강화되고 피해망상이 커지면서 국제뉴스 대부분은 게재될 수
없었다. 대행사는 문을 닫았다. 직장을 잃은 그녀는 월세를
낼 수 없었다.

메리아는 늘 큰 목소리로 의견을 내고 남을 비판하는 데
겁이 없었다. 하지만 이제 그녀는 말을 잃었다. 다른 사람들
이 말할 때는 초조하게 손가락을 두드렸다. 자기 입을 막으려
는 듯 맥주를 벌컥벌컥 마시거나 담배를 뻑뻑 빨았다. 친구들
을 만나면 그들을 노려보았다. 밤이면 극도로 예민해졌다. 한
번은 새뮤얼이 깨어보니 메리아가 무릎을 끌어안고 턱을 괸
채 담배를 피우며 실눈으로 그를 유심히 보고 있었다.

"무슨 일 있어?"

"당신 잠꼬대하던데, 그거 알아?"

"미안. 나 때문에 깼어?"

"아니."

"내가 뭐라고 말했지?"

"아무 말 안 했어."

그 무렵 그들은 싸우기도 했다. 음식이 문제였다. 메리아는 한사코 먹으려 하지 않았다. 처음에는 입덧 때문에 못 먹겠다고 하더니 다음엔 그의 어머니가 만든 요리를 탓했다. 동물한테도 먹이지 못할 음식이라고 비난했다. 며칠을 내리 굶기도 했고, 한 입만 겨우 먹는 날도 있었다.

"먹기 싫어도 먹어야 해." 접시를 내밀며 새뮤얼이 말했다. 그러고는 그녀를 겁주었다. "설마 아기가 죽기를 바라는 거야?"

"아기가 죽는 게 그렇게 나쁜 일일까?"

나중에 진통이 시작되었을 때, 그리고 양수가 터졌을 때, 메리아는 새뮤얼의 손을 움켜쥐며 말했다. "이 아기에게 당신 같은 사람을 아버지로 갖게 할 순 없어. 당신은 스스로 증명해야 해. 지금보다 나은 사람이 되어야 해."

"어떻게? 당신이 뭘 원하는지 모르겠어. 뭘 하면 되지?"

"서약해. 확실하게 우리 편이 되겠다고."

새뮤얼에겐 대답할 기회가 없었다. 어머니와 이웃 사람 하나가 그를 방에서 끌어냈고, 그는 출산이 이뤄지는 내내 거리에서 기다려야 했다.

그가 본 가장 작은 아기였다. 자그마한 몸에 낯선 노르스름한 기가 돌았다. 아기는 작은 주먹을 꼭 쥐고 눈을 감고 있었다. 새뮤얼은 아기를 안고, 냄새 맡고, 아기의 작고 연약한 몸을 느꼈다. 그다음 아버지가 말했던 자유가 무엇인지 깨달았다. 자유가 얼마나 중요한지, 이 어린것에게 자유가 어떤 의미가 될지. 새뮤얼은 말했다. "그래, 하겠어. 서약하겠어."

잠들어 있는 메리아 옆에서 레시를 안고 앉아 있는데 주마가 찾아왔다. 새뮤얼은 주마가 아기를 보러 온 줄 알았지만, 주마는 축하하는 대신 숨죽인 목소리로 바깥으로 나가자고 속삭였다. 시신이 발견되었다고 했다. 새뮤얼은 가야 했다.

새뮤얼은 주마를 따라 버려진 건축 부지로 갔다. 도시 외
곽에는 식민지 시절 공사를 시작했다가 독립이 되면서 버려
진 부지가 많았다. 하지만 여기는 그런 곳은 아니고, 초대 대
통령의 명령으로 독립을 위해 싸우다 목숨을 잃은 투사들의
아이들을 위한 대형 보육원을 짓기로 했던 곳이었다. 대통령
은 이제 자신이 고아들의 아버지이고, 국가가 어머니라고 했
다. 성대한 착공식 날, 거리의 아이들은 케이크를 나눠 받고
공사현장 앞에는 두 팔을 벌리고 활짝 웃는 대통령의 얼굴이
걸려 있었다. 그런데 얼마 못 가 모든 공사가 중단되었다. 공
금 횡령과 새 정부의 파산에 대한 소문이 돌았다. 토대 작업
은 이미 끝나고 여기저기 여전히 시멘트 기둥이 올라가고 있

었지만 공사는 더 진척되지 않았다. 얼마 후 이 부지는 인근 주민들이 쓰레기를 버리는 장소가 되었다. 비가 많이 내리면 쓰레기가 더 높이 쌓이기도 했지만 새뮤얼이 불려갔을 무렵 엔 3분의 1쯤 쌓여 있었다. 쥐와 모기, 길고양이가 쓰레기 더미에 터를 잡고 돌아다녔다.

새뮤얼이 도착했을 때, 제이크라고만 알고 있던 남자가 그들을 맞이했다. 시신을 발견한 사람이 제이크였다. 그는 티셔츠를 올려 코와 입을 막은 채 구덩이를 등지고 서 있었다. 그의 옆에 방금 게워낸 토사물이 쌓여 있다. 장소 전체에서 고약한 악취가 진동하여 새뮤얼은 코를 싸쥐고 다가가야 했다. 한여름이었다. 작열하는 열기가 미적지근한 구정물에 뜬 쓰레기를 썩게 만들었다. 쓰레기 더미 위로 구름처럼 각다귀 떼가 날아다녔다.

새뮤얼은 주마가 가리키는 곳을 내려다보았다. 벌거벗은 빅 로가 팔 한쪽은 몸 뒤로 꺾고 다른 팔은 옆으로 뻗고 상체를 한껏 젖힌 모습으로 누워 있었다. 멍 자국이 선명했다. 너무 심하게 얻어맞아 얼굴이라고 부를 만한 형체조차 없었다. 새뮤얼은 시신의 왼발을 보고 빅 로를 알아보았다. 지난달 어떤 군인의 오토바이에 뺑소니를 당해 발톱 전부가 시꺼메졌다가 빠진 빅 로의 발은 고문받지 않았음에도 처참했다. 그의 얼굴이 있던 자리 못지않게.

"밤에 내버려졌어." 제이크가 티셔츠로 입을 가린 채 웅얼거려서 새뮤얼은 잠시 뒤에 그 말을 알아들었다.

"무슨 생각해, 샘?" 주마가 물었다.

"빅 로가 맞아."

"맞아, 중요한 건 어떻게 저기서 데리고 나올 것이냐지."

"밤에나 작업해야겠지, 밤이 아니면 경찰이……." 제이크가 말했다.

"안 돼. 어둠 속에서 작업하는 건 불가능해. 게다가 너무 위험해. 통행금지도 있고 순찰대도 돌잖아. 이 지역을 매일 순찰해. 우리 모두 저 꼴로 끝나면 좋겠어?" 주마가 말했다.

"태워버릴까?"

"온통 저렇게 젖어 있는데?"

결국 그들은 시장에서 노점을 하던 제이크의 삼촌한테서 수레를 빌렸다. 수레는 바퀴 하나가 오른쪽으로 휘고 나머지 바퀴도 삐걱거렸지만 굴러가긴 했다. 그들은 빌린 수레를 밀고 가며 이웃 동네와 빈민촌, 노점과 포장도로에서 쓰레기를 모았다. 수레가 가득 차자 그들은 그곳으로 돌아가 긴 장대로 시체를 걸어 당긴 다음 수레 내용물을 시체 위에 쏟았다. 이런 식으로 수레를 채우고 쓰레기를 쏟길 다섯 번 반복한 후에야 그들은 빅 로가 눈에 띄지 않겠다며 마음을 놓을 수 있었다.

"이건 장례가 아니야." 주마가 말하며 성호를 그었다.

"그래도 다른 많은 죽은 사람들에 비하면 그나마 장례에 가깝긴 해." 새뮤얼이 대꾸했다. 그는 이마를 닦고 손으로 입을 가렸다. 손가락 주름 사이 어딘가에 갓 태어난 아기 냄새가 아직 어른거리고 있었다.

새뮤얼은 오두막에서 멀어지며 누런 풀이 자라는 곳을 가로질러 걸어갔다. 처음에는 돌제부두로 가서 허물어진 돌담을 살필 생각이었지만 마음을 바꿔 섬의 동쪽 끄트머리를 향해 경사로를 올라갔다. 올라갈수록 길이 점점 좁아져 제일 먼 곳은 작은 봉우리를 이루고 있었다. 한때 누가 이곳에 신호탑을 세웠었다. 시멘트로 작은 기둥을 세우고 금속 십자가인지 뭔지 모를 쇠붙이를 박아 넣었다. 이제 그 자리에는 기둥만이 덩그러니 남아 있다. 새뮤얼은 녹슨 기둥을 만져보고는 단단히 잡고, 자주 가지 않는 작은 동쪽 해안을 내려다보았다.

썰물이었고 파도는 잔잔했다. 새뮤얼은 바위에 고인 작은 웅덩이들과, 해초와 다닥다닥 붙은 조개들이 만들어낸 작은 굴곡들을 보았다. 그런데 다른 것도 있었다. 그는 이마에 손 차양을 드리우고 저건 물개라고, 다른 것일 수 없다고 자신을 속이려 했지만 그것이 사람임을 한눈에 알아보았다.

순간 새뮤얼은 생각했다. 당장 오두막으로 돌아가 시체 수 습을 도우라며 남자를 데려올까. 그러지 못할 것도 없지. 안 될 이유가 없잖은가. 남자는 젊고 힘도 센데. 그는 고개를 돌 려 섬 전체를 둘러보았다. 이제 오두막에서 제법 멀어졌다. 오두막이 열려 있었다. 그는 생각했다. 문을 저렇게 열어둔 게 나였나. 아니면 남자가 열어두었나. 남자가 일어나 오두막 에서 나갔단 말인가. 남자가 지금 바깥에서 날 찾고 있단 말 인가. 목을 긋던 손가락이, 어둠 속에서 엄습하던 공포가 다 시 떠올랐다.

저 아래 보이는 작은 만은 바위가 많은 가파른 내리막길이 라 접근하기 힘든 곳이다. 남자는 저곳을 봐야 한다는 것을 알지 못할 것이고, 그런 곳이 존재한다는 사실도 모를 것이 다. 저곳은 새뮤얼이 숨기에 좋은 장소가 될 수 있다.

여자는 원피스 자락이 말려 올라가 엉덩이를 드러낸 채 누 워 있었다. 속옷은 입고 있지 않았다. 새뮤얼은 우선 원피스 치맛자락을 내려 여자의 엉덩이부터 가려주었다. 여자는 눈을 뜨고 있었고, 목도 열려 있었다. 목에 난 상처는 넓게 벌어져 있었다. 밤 내내, 아침 내내, 목을 긋는 그 손가락. 그런데 지금 눈앞에, 마치 정육점에서 일어난 일처럼 목을 가른 선명한 줄이 그의 눈앞에 있었다.

새뮤얼은 몸을 살짝 숙이고 여자의 얼굴을 들여다보았다. 두피에 딱 붙여 땋은 여러 갈래의 머리 사이로 귀가 살짝 튀어나와 있었다. 여자의 광대뼈는 남자의 광대뼈와 비슷하고, 턱이 짧고 입이 큰 것도 남자와 비슷했다. 남자와 이 여자 둘 다 윈스턴의 휴대전화로 보았던 그 배에서 뛰어내렸을까? 분명 그랬을 것이다. 하지만 남자가 물귀신이 될지도 모르는 급박한 순간에 무슨 이유로 여자의 목을 갈라야 했을까? 지난밤 남자가 새뮤얼의 방에 들어와 하려 했던 말이 아마 이것이리라. 남자는 협박이 아니라 자백을 하려 했던 것이다. 자기가 여자를 죽이고 도망쳤다는 자백을. 남자는 난민이 아니었다. 남자는 도망자였다. 그가 육지로 인도되기를 한사코 거부한 것도 당연했다.

새뮤얼이 시체를 발견한 사실을 알게 되면 남자가 어떻게 나올까. 남자는 살인자였다. 남자는 이미 새뮤얼이 죽기를 바랐었다. 새뮤얼이 발을 헛디뎌 자빠지게 만들고, 오두막을 차지하려 시도했었다. 여자의 시신이 섬에 나타난 사실을 알게 되면 남자는 무슨 짓이든 하려 들 것이다. 무슨 짓이든. 그러나 여자를 매장하려면 시간이 걸릴 텐데, 새뮤얼에게 시간이 없다는 게 문제였다. 만약 남자가 새뮤얼을 찾아내려 섬을 돌아다니고 있는 게 사실이라면.

동쪽 해안 뒤로는 가파른 벼랑에 자라난 키 작은 나무들이 수풀을 이루고 있다. 그 수풀 속에, 눈에 잘 띄지 않는 아주 오래된 돌 헛간이 숨어 있다. 그 헛간으로 이끌 길도, 헛간의 존재를 알려줄 표지도 없다. 새뮤얼이 맨 처음 섬에 도착했을 때 전임 등대지기가 손가락으로 가리켜 알려주지 않았다면 그는 헛간의 존재를 아예 몰랐을 것이다. 두 사람은 신호탑 가까이 서 있었고, 전임자가 말했다. "저 안쪽에 폐가가 하나 있어. 내가 저기 간 것도 아주 오래전의 일이군. 지금쯤은 다 무너져 흔적조차 없을 게야."

"어떤 용도의 건물이었습니까?"

"뭐 일종의 요새가 아니었을까 싶네, 이런저런 전쟁 때 만들어진."

"어떤 전쟁 말입니까?"

"오, 식민주의자들이 땅과 노예를 차지하려 싸웠던 전쟁 중 하나겠지. 탐욕이 빚은 전쟁 말일세."

그때 새뮤얼은 가파른 벼랑길을 내려가 수풀을 뚫고 마침

내 무너져가는 어수선한 헛간에 다다랐다. 외벽은 허물어지고 지붕 절반은 내려앉았다. 안에는 썩은 나무 상자와 빈 병, 녹슨 깡통 들이 있었다. 석탄으로 끼적거린 검은색의 글자와 그림들이 벽에 빼곡했다.

나중에 섬이 자기 것이 되었을 때, 새뮤얼은 돌 헛간 주변을 어지럽히는 덤불과 잡초를 뽑고, 쓰레기를 치우고, 흩어진 돌들을 쌓았다. 그는 새똥과 깃털과 버려진 둥지들을 쓸었다. 바닥의 흙먼지 속에서 그는 총알 없는 소총 카트리지 몇 개와 언제 어디서 만들어졌는지 모를 동전 한 개와 거북 등딱지를 발견했다. 거북 등딱지는 이 섬에 거북이 있었음을 보여주는 유일한 흔적이었다. 새뮤얼은 이 섬에 거북이 살았었지만 밀수꾼과 선원들에게 다 잡아먹혔는지, 아니면 지난날 파도를 헤치고 항해한 노예 상인 중 하나가 반려동물인 이 거북을 남겨두고 떠났고, 그래서 이 거북이 잊힌 채 여기서 외롭게 살다가 죽어버렸는지 궁금했다.

여자의 몸은 가늘었다. 남자보다 키가 작고 몸무게도 가벼웠다. 새뮤얼은 여자의 발목을 잡고 젖은 모래 위로 끌어 올렸다. 치맛자락이 다시 여자의 엉덩이에 감겼다. 그는 고개를 돌리고 계속 당겼다. 남자를 옮길 때보다 쉬웠고, 해안을 올라갈 때도 힘들이지 않고 금세 이동할 수 있었다. 하지만 키 낮은 나무들이 자라는 오르막 지점부터 좀 힘들어졌다. 새뮤얼은 돌아서서 등으로 날카로운 관목들을 밀며 나아가야 했다. 울퉁불퉁한 바닥에 여자의 몸이 튀고 벌거벗은 허벅지 사이도 긁혔다.

새뮤얼이 마지막으로 헛간에 들른 뒤 아주 많은 세월이 흘렀다. 무척 웃자란 가시덤불 하나가 헛간 입구를 가로막고 있었다. 일단 여자를 내려놓을 수밖에 없어서 새뮤얼은 말려 올라간 원피스 자락을 다시 조심스럽게 내려 여자의 허벅지를 덮어주었다. 엄지가 여자의 몸에 닿자 그는 더듬거리며 미안하다고 말했다. 몸통이 갈색인 작은 새 한 마리가 헛간 지붕 위에서 그를 지켜보고 있었는데, 그가 몸을 숙여 덤불 줄기를 잡을 때 맨 윗가지에 달린 회색 이파리들이 바스락거리자 포르르 날아갔다. 돌바닥 위는 흙이 얇게만 덮여 있어 덤불 뿌리는 얕고 넓게 퍼져 있었다. 그가 잡아당기자 덤불은 쉽게 뽑혔다.

그는 뽑은 덤불을 외벽에 기대놓고 돌 헛간으로 들어갔다. 바람에 실려 날아온 모래와 오래전에 사용되고 남은 풍화된 시멘트 가루가 쌓인 자리 여기저기에 덤불들이 자라고 있었다. 어두운 실내 탓에 성장이 멈춰버린 듯 입구에 있는 가시덤불보다 크기가 한참 작았다. 이 덤불들만 빼면 헛간은 그가 마지막으로 봤던 거의 그대로였다. 돌멩이 더미들, 내려앉은 지붕, 거북 등딱지. 거북 등딱지는 뒤집힌 채 바닥에 누워 있었다. 그는 그것을 주워 들었다. 등딱지 일부가 떨어져나갔고, 먼지가 앉은 안쪽은 갈색이 되어 있었다. 그는 등딱지에 입김을 불어 소매로 닦은 뒤 돌무더기 중 하나에 올려놓았다.

새뮤얼은 여자에게 돌아가 그녀를 끌며 문지방을 넘고 벽과 천장이 그나마 온전한 곳으로 갔다. 여자의 팔과 다리를 가지런하게 정리해준 다음 투박한 손으로 눈을 감겨주었다. 파도에 밀려 섬에 도착한 다른 죽은 이들을 위해선 한 번도 기도하지 않았지만, 이번에는 기도해야 옳지 않을까 하는 생각을 잠시 했다.

그는 아직은 여자 곁을 떠나고 싶지 않아 옆에 어정쩡하게 쭈그려 앉았다. 손수건이라도 있다면 여자의 벌어진 목에 둘러 상처를 싸매주고 싶었다. 그는 다가올 일, 여자를 돌로 덮어주는 일에 대해 생각했다. 빅 로를 장사 지낸 일과 그때의 냄새가 다시 떠올랐다. 살해된 두 사람. 새뮤얼은 그들의 장례사였다. 그는 무슨 일을 했으며, 무슨 일을 해야 옳았을까? 가슴속에 답이 떠오르는 걸 느꼈다. 이 기억들, 그를 끝까지 쫓아와 마침내 손아귀에 넣고야 마는 기억들. 이 기억들, 이제는 오직 한 단어가 그의 안에서부터 움직여 그의 혀에 앉아 그가 큰 소리로 외쳐주기를 기다리고 있었다. 그는 여자 쪽으로 얼굴을 돌리고 고개를 숙여 그녀에게 말했다.

"폭력."

빅 로가 살해된 뒤 그들 무리는 인민당 활동에 더욱 깊이 관여하게 되었다. 그때까지 겉돌며 허세만 부렸다면, 이제는 열성적으로 앞장섰다. 그들은 정기 모임에 나가고, 더 나은 세상과 삶을 창조하는 방법이 적힌 낡은 소책자를 돌려가며 읽었다. 책에 실린 인용문을 암송하고, 단어와 구절 하나하나를 두고 논쟁을 벌였다. 모임에서 그들은 자리를 박차고 일어나 소리 높여 연설했다.

"폭력! 이게 답이야. 우리가, 우리 모두 폭력에 동의할 때, 우리가 폭력의 필요성을 다른 이들에게 교육할 때에만 우리는 승리할 수 있어. 그때 우리는 비로소 더는 시키는 대로 살지 않는 존재가 될 거야. 우리는 누구한테도 지배받지 않을 거야." 셀로가 말했다.

메리아가 담배를 든 손으로 가리키며 동의했다. "피는 우리를 결속시키는 시멘트가 될 거야. 피로써 우리는 새로운 국가를 건설해낼 거야. 강력한 국가를. 너무 많은 사람이 스스로를 무가치한 존재로 여기며 음지에서 살아왔어. 싸우고 피흘릴 때 권력은 비로소 우리 것이 될 수 있어."

그들은 새뮤얼에게 견해를 밝히라고 압박했다. "무장하겠어?" 그들이 물었다. "폭력을 수용하고 투쟁하겠어?"

"독립운동은 폭력에 의존하지 않고도 성공했어." 새뮤얼이 말했다.

"독립운동이 성공했다고?" 메리아가 말했다.

"성공했지."

"당신 아버지가 불구가 된 건 폭력 때문이 아니었나? 폭력은 폭력으로 갚아야 해. 당신 아버지가 이 진실을 알았다면 지금 다른 국민들에게 이토록 큰 짐이 되지 않았을 테지. 그가 맞서 싸울 배짱이 있었다면 말야."

레시가 태어나고 어느 날 밤, 새뮤얼은 회색 티셔츠와 배기 반바지 차림으로 밖으로 나갔다. 맨발이었다. 금 사슬 목걸이도, 자랑스러워하던 손목시계도 벗은 채였다. 그는 메리아가 그의 눈을 가리고 깊고 적요한 밤의 거리로 안내하도록 맡겼다. 자동차 엔진 소리가 들렸다. 전조등은 꺼져 있을 테고 모두 숨소리도 내지 않을 것을 그는 알고 있었다. 군인들에게 그들의 존재를 알릴 소리는 없어야 할 테니. 두 사람의 팔이 그를 붙들어 뒷좌석에 태웠다. 차 안은 이미 만석이어서 그는 어떤 남자의 허벅지에 걸터앉고 고개를 창밖으로 내밀어야 했다.

주마의 자동차였다. 기침을 토하는 것처럼 거슬리는 엔진 소리와 도로에 팬 자리를 지날 때 심하게 들썩거리는 뒷좌석의 움직임으로 새뮤얼은 알아차렸다. 자동차 뒷좌석에는 대여섯 명이, 앞 조수석에도 두 명이 타고 있는 것 같았다. 그들이 내는 긴장된 숨소리와 초조하게 침 삼키는 소리를 새뮤얼은 들을 수 있었다. 앞에서 운전수가 트림을 했다. 운전수가 고개를 창밖으로 내밀었지만 새뮤얼은 양파 냄새와 맥주 냄새가 섞인 주마의 입냄새를 맡을 수 있었다. 서약하기 이틀 전부터 금식해야 했기에 새뮤얼은 무척 배가 고프고 입이 말랐다.

긴 여정이 되리라. 그들이 도심에서 멀리 떨어진 곳으로 데려갈 것을 새뮤얼은 알고 있었다. 자동차가 드디어 멈춰 섰을 때, 그는 허벅지에 쥐가 나고 땀을 뻘뻘 흘렸으며, 배고픔과 흔들림 때문에 멀미도 심하게 느꼈다. 누군가가 그를 자동차에서 내리게 한 다음 길고 눅눅한 풀밭을 걷게 했다. 사위에서 밤벌레 울음소리가 시끄럽게 울렸다. 그다음 눈가리개가 제거되었고, 그는 눈을 깜빡거리며 어둠 속을 응시했다. 마침내 어둠 속에서 눈을 깜빡거리는 다른 남자들과 여자들이 보였다. 열두 명, 어쩌면 그보다 많은 사람들이 있었다. 그들 앞에는 처음 보는 어떤 여자가 활활 타는 횃불을 들고 서 있었다. 첼로는 반원형으로 서 있는 신입들 한 사람 한 사람에게 막대를 건넸다. 그들은 차례대로 앞으로 나가 여자가 들고 있는 횃불에서 불을 옮겨붙이는 초대를 받았다. 그다음 그들은 여자를 따라 나무 아래 있는 큰 흙무더기로 걸어갔다. 신입자들은 흙을 한 줌씩 쥐고 흙무더기를 빙 둘러 섰다. 그들은 오른손에 든 흙을 입에 넣고 조금 삼켰다.

"이게 무엇입니까?" 여자가 흙무더기를 가리키며 말했다.

그들은 요전번에 배웠던 서약을 한목소리로 암송했다.

"이것은 땅이다. 나는 땅을 맛보았다. 땅은 내 핏속에 들어 있다. 땅이 내 몸이고 내 몸이 땅이다. 두려움 없이 땅에 맹세한다. 나는 죽으면 땅으로 돌아가 다시 태어날 것이다. 피와 불로 맹세하나니, 땅은 나의 것이고 내가 땅이다."

섬에 있는 돌 헛간에서, 새뮤얼은 끊임없이 떠오르는 기억들로 휘청거리고 있었다. 그 옛날 손에 들었던 횃불의 날름거리던 열기와 다리를 간지럽히던 젖은 풀의 느낌이 생생하게 되살아났다. 그는 발로 바닥을 쿵쿵 찧듯 헛간 안을 오갔다. 그 쿵쿵거림에 여자의 시체가 미세하게 움직였고, 그는 여자의 몸이 움직이는 걸 보고 싶지 않아 뒤돌아섰다. 그다음 그는 꿇어앉아 돌바닥 위 얇은 흙먼지를 그러모아 한 손에 쥐었다. 흙을 입으로 가져가 마른 혀로 핥고 중얼거렸다. "땅은 나의 것이고 내가 땅이다."

바람이 거세지고 있었다. 바람은 돌 헛간을 떠나 좁은 봉우리를 향해 다시 느릿느릿 올라가는 새뮤얼을 채찍질했다. 꼭대기에 닿자 그는 걸음을 멈추고 숨을 가다듬었다. 무릎께에 마른 풀이 버석거렸다. 해는 힘이 없고, 구름 낀 하늘은 우중충했다. 오후에는 비가 쏟아지리라.

저 아래 남쪽 해변에, 모래와 조약돌을 배경으로 움직이는 검은 물체가 있었다. 남자였다. 남자는 복도에 걸려 있던 재킷과 모직 모자를 걸치고 해변을 오르내리며 모래밭을 살피고 있었다. 이따금 걸음을 멈추고 발로 뭔가를 살짝 찌른 다음 몸을 숙여 그걸 집어 들고 살펴보았다. 그다음 바위에 고인 웅덩이와 반드르르한 큰 바위들 쪽으로 이동하며 뭔가를 계속 찾았다.

새뮤얼은 남자가 무엇을 찾고 있을지 생각했다. 여자다. 남자가 저지른 범죄의 증거이니까. 하지만 마치 주머니에서 떨어뜨린 물건을 찾을 때처럼 저런 식으로 여자를 찾으려 하다니.

남자가 꿇어앉아 있던 자리에서 벌떡 일어서 섬의 곳들을 휘 둘러보았다. 남자의 시선이 새뮤얼이 몸을 숨긴 신호탑에 30초 남짓 머물렀다. 그다음 남자는 물가를 떠나 해변을 올라가기 시작했다. 남자의 모습이 곧 사라져 새뮤얼은 숨어 있던 신호탑 뒤에서 나와 아래를 내려다봐야 했다. 남자의 모습을 다시 발견하기까지는 얼마 걸리지 않았다. 남자는 돌담 위에 두 손을 얹고 서 있었다. 그다음 마치 하나하나의 무게를 가늠하려는 듯 돌을 차례로 집어 머리 위로 들어 올렸다.

남자는 새뮤얼을 죽일 준비를 하고 있었다.

가두시위를 하는 날, 새뮤얼은 어렸을 때 찾아냈던 오래된 크리켓 배트로 무장했다. 전면 안쪽에 금이 깊고 길게 나 있어 테이프로 친친 감느라 고생했던, 돌에 맞은 자국이 많은 배트였다. 그의 옆에서 메리아는 빗자루를, 케다는 매듭진 밧줄을, 주마와 셀로는 옛 식민지 클럽 뒤편 쓰레기장을 뒤져 찾아낸 폴로 스틱을 들었다. 다른 사람들은 벽돌이나 돌멩이, 묵직한 물건이나 뾰족한 고철 따위로 무장했다.

광장 끝머리에 있는 석상이 모두가 겨냥한 목표 지점이었다. 독재자의 머리와 상체를 묘사한 14미터 높이의 검은 대리석상이었다. 거대한 머리와 균형을 맞추느라 어깨와 모자의 튀어나온 부분이 부자연스럽게 넓쩍했다. 그럼에도 석상은 독재자를 더 젊고 더 날씬하게 이상화시켰다. 실제 독재자는 사람들이 뒤에서 '황소개구리'라고 놀릴 정도로 턱살이 두툼하고 볼살이 늘어진 뚱보였기 때문이다.

시위대 한 사람 한 사람이 그 석상을 잘 알았고, 이미 이전에 보았으며, 그 아래와 근방을 지나다녔다. 석상은 사람들을 내내 감시하며 사람들의 행동과 머릿속 생각까지 꿰뚫어 보는 듯했다. 이것은 폭군의 얼굴, 사람들을 추격하고 사냥하고 그들에게 사형선고를 내리던 괴물의 얼굴이었다. 이제는 책과 모임과 말을 잊을 때다. 그들은 행동할 것이다. 저 머리를 고꾸라뜨려 괴물을 끌어내릴 것이다. 이젠 폭력의 시간이다. 이것이 그 시작이 될 것이다.

"독재자를 끌어내려라!" 사람들이 외쳤다. "끌어내려라!"

새뮤얼은 사람들과 함께 외치고 있었지만 주변의 함성이 너무도 커서 자신의 목소리는 들리지 않았다. 아무리 입을 벌리고 외쳐도 아무 소리도 나오지 않는 것 같았다. 그럼에도 그는 자신의 폐에서 모든 소리가 솟구친다고 느껴지도록 계속 외쳤다. 모든 걸 점령한 우렁찬 이 목소리들, 사람들의 함성은 당과 당원을 넘어 많은 걸 상징하고 있었다. 이곳에 모인 사람들은 최소 100만 명이 넘으리라. 온 나라가 여기 모였다. 온 국민이, 한 사람 한 사람이, 모든 사람이 독재자를 끌어내리려 시위에 참여하고 있었다.

먼 곳에서 소총 소리가 터졌지만 새뮤얼은 두렵지 않았다. 시위는 계속되었다. 남자와 여자들, 더는 시키는 대로 살지 않겠다고 결심한 사람들의 행렬이 끝없이 이어졌다. 사람들은 두려움을 버렸다. 그들은 오직 용기만을 가졌다.

조사실에 맨 처음 끌려가서야 새뮤얼은 시위 참가자가 2천명이 겨우 넘는, 아주 빈약한 숫자였음을 알게 되었다. 그날의 행사는 조금의 평온도 깨뜨리지 못했고, 수백 명이 죽고 그보다 더 많은 사람들이 체포되었음에도 정세에 아무 영향을 끼치지 못했다. 전국 뉴스나 국제 언론에 시위 소식은 단한 줄도 소개되지 않았다. 오래 지나지 않아 시위는 다시 언급할 가치도 없이 너무 빛바랜 한낱 설화, 대부분에게 잊힌루머로 전락하고 말았다.

하지만 당시 시위 참가자들은 자신들이 무적이라고 느꼈다. 자신들이 한 줌에 지나지 않는다는 사실을 알지 못했다. 석상에 다다르자 사람들은 광적으로 공격을 개시했다. 새뮤얼은 크리켓 배트를 힘껏 휘둘렀다. 다른 사람들도 각자의 무기로 똑같이 휘둘렀다. 메리아는 빗자루가 꺾이자 갈래갈래 갈라진 끄트머리로 석상의 옷깃 부분을 찌르며 외쳤다. "지금이야, 지금, 지금!" 얼마 가지 않아 새뮤얼의 배트도 쪼개졌다. 그는 배트를 내던지고 독재자의 먼지 앉은 옴폭한 입술과 턱 부분을 홈 삼아 잡고는 몸을 위로 끌어올리며 반지르르한 얼굴을 타고 올라가기 시작했다. 일단 윗입술을 디디자 그는 맨주먹으로 석상의 볼을 때렸다. 석상은 쓰러지리라. 그는 확신했다.

석상의 평평한 모자 위까지 올라간 시위대 한 명이 모자챙에 걸터앉았다. 독재자의 양 귓불에도 사람들이 매달려 있었고, 새뮤얼 옆에 있던 소녀는 석상의 한쪽 콧구멍을 이로 물어뜯으려 했다. 저 아래 바닥에서도 사람들은 손끝에 힘을 주고 머리로 기어오르고 있었다. 석상을 건드리기에 너무 멀리 있는 사람들은 뭐든 집어던질 물건을 가져왔다. 유리병과 신발, 스패너, 과일, 똥과 돌을 들고 달려와 다른 사람이 맞든 말든 위를 향해 던졌다. 그렇게 던져진 물건에 모자 위에 서 있던 남자가 맞았고, 남자는 밀집한 군중 위로 떨어져 아래 있던 사람들의 머리 위로 몇 분 동안 옮겨지다가 상황을 알아차린 사람들의 도움으로 땅에 내려졌다. 그러나 이런 온갖 공격에도 석상은 끄떡하지 않았다.

군인들이 다가오고 시위대가 흩어지기 시작했다. 총이 발사되었다. 시위대는 곤봉에 공격받고 얻어맞고 짓밟혔다. 사람들이 걸려 넘어지며 비명을 지르고 자갈 바닥에 피가 번졌다. 있을 수 없는 일이었다. 아직 석상 머리가 떨어지지도 않았는데. 석상 머리를 부숴버리기 전까지는 사람들은 어떤 공격도 받아선 안 되었다. 근처에 있던 도끼가 눈에 띄었고, 새뮤얼은 도끼를 잡고 휘두르며 석상의 입술에서부터 한쪽 어깨 쪽으로 이동했다. 광장에서는 군인들이 시위대를 몰아내고 있었다. 새뮤얼이 서 있는 자리에서 군복 입은 남자들이 만든 원형 대열과, 군인들이 소총과 곤봉으로 시위대를 도망치지 못하게 촘촘하게 몬 다음 총을 조준하고 발사하는 장면이 보였다. 하지만 새뮤얼은 호락호락 잡히지 않을 것이다. 그렇게 체포될 수는 없다. "나는 폭력이 두렵지 않아!" 그는 외치며 석상에서 몸을 날려 어떤 군인의 등 뒤로 착지했다. "이 땅은 내 것이야!"

군인은 새뮤얼의 몸에 깔려 쓰러졌고, 두 사람은 한 몸으로 엉켜 바닥을 구르며 싸웠다. 하지만 새뮤얼 쪽이 더 힘이 셌다. 그는 군인의 가슴팍에 올라타 무릎으로 팔을 누르고 멱살을 잡아 목을 조르기 시작했다. 군인은 켁켁 소리를 내며 얼굴이 부풀고 벌게졌다. 그 순간 새뮤얼은 밑에 깔린 남자가 예전에 그를 모욕한 그 군인이라고 생각했다. 그는 군인의 목을 더 힘껏 졸랐다. 무언가가 소멸한다는 확신이 설 때까지, 그렇게 이 군인의 목숨을, 아니, 자신을 괴롭히던 모든 수치

심과 그를 조롱한 남녀 모두를 소멸시킬 때까지. 그는 자기 자신의 정신까지 어두워지고 폐가 수축하는 걸 느꼈다. 이 군인은 죽을 것이다. 죽은 사람이 될 것이다. 난데없이, 가까이에서인지 기억 속에서인지 모르겠지만 절규가 들렸다. "폭력과 피!" 새뮤얼은 군인의 입술이 자줏빛으로 변하고 입에 거품을 물 때까지 무릎에 힘을 주고 더 옥죄었다.

새뮤얼은 끝내 손아귀 힘을 풀었다. 더는 군인의 얼굴을 마주 볼 수가, 눈앞에서 목숨이 스러지는 걸 볼 수가 없었다. 손아귀에 눌린 목덜미의 느낌, 입술을 푸르르 떨며 거품을 무는 모습, 다리를 할퀴는 군인의 손가락. 새뮤얼은 손을 거두고 뒤로 물러앉아 군인이 눈을 홉뜨며 숨을 몰아쉬는 걸 지켜보았다. 그는 군인을 죽이지 않았다. 그 남자는 살았다.

새뮤얼은 곶의 북단을 향해 내려갔다. 남자 눈에 띄지 않으려고, 자신이 어디에 있었으며 무엇을 숨겼는지 남자가 짐작하지 못하게 하려고 먼 길을 돌아갔다. 그는 허물어지는 돌제부두로 갔다. 나무 말뚝 하나에 비닐봉지가 걸려 있었다. 평소라면 막대기를 들고 물가까지 걸어가 치웠겠지만 오늘 그는 엉뚱한 곳에 걸려 있는 젖은 비닐봉지를 멍하니 바라만 보았다. 이곳에 마지막으로 다녀간 지 100년이 흐른 기분이었다. 그를 세 배, 네 배 나이 들게 만든 한 세기. 이제 그는 무섭도록 긴 세월을 살아온 아주 나이 많은 인간이었다. 이 세상 어떤 이보다 늙은 인간이었다. 그의 육신과 뼈 모두 고통스러웠다. 정신은 지치고 망가져 집과 침대 말고 다른 것은 생각할 수 없었다. 아무것도 잡히지 않고, 모든 것은 손에 잡을 수 없는 꿈이 되어버렸다. 섬에는 아무도 없었다. 새뮤얼 한 사람만이 있었다. 그는 혼자였다.

그럼에도 새뮤얼은 이게 사실이 아니라는 걸 알고 있었다. 그는 정신을 차리자고, 남자를, 남자가 가한 위협을 기억하라고 자신을 다그쳤다. 앞으로 2주, 공급선이 섬을 다시 찾아올 그날까지 그는 죽음을 피해 살아남을 수 있을까. 공급선이 돌아오는 날 돌제부두로 달려가 배에 태워달라고 사정하고 당장 시동을 걸어 배를 출발하게 만들 수 있을까. 섬, 등대, 오두막, 돌담과 채소. 이것들이 남자의 손에 넘어가 남자의 지배를 받게 두고 떠날 수 있을까. 아무도 뽑지 않은 질식초가 날로 무성해지겠지. 건물들과 텃밭과 땅을 뒤덮겠지. 돌담이 파도에 무너지면서 섬의 모양을 새롭게 그려가다가 하나씩 하나씩 파도에 실려 결국 흔적도 없이 사라지겠지.

새뮤얼은 그런 일이 일어나도록 내버려둘 수 없다. 그는 자신의 땅을 포기하지 않을 것이다. 떠나지 않을 것이다, 절대로. 땅은, 언제나처럼, 그의 것이다.

새뮤얼은 오두막으로 돌아갔다. 문은 아직 열려 있었다. 바람이 거세지고 있었다. 오두막 바깥의 풀들이 바람에 복종하듯 납작 엎드렸다. 실내에서는 커피 탁자와 서가에 놓인 잡지 낱장이 바람에 팔랑팔랑 넘어가고 있었다. 텃밭으로 돌아가 채소들이 뿌리 뽑히지 않고 안전한지 확인해야 했다. 다가오는 폭풍이 농작물을 뒤흔들고 망쳐놓기 전에 건질 수 있는건 뭐든 수확해야 할 것이다.

그 전에 차 한 잔 마실 시간이 있을까, 새뮤얼은 생각했다. 너무 지쳐 기력이 떨어진 몸에 다디단 차 한 잔이 간절했다. 빵 한 조각과 차 한 잔, 그다음 다시 밖으로 나가면……. 하지만 그때 부엌에서 물소리가 들렸다. 빗물 탱크와 한정된물 공급량은 아랑곳없이 콸콸 쏟아지는 물소리. 얼른 달려가던 새뮤얼은 테이블 위에 놓인 방금 씻어낸 채소들을 보고 문간에서 멈춰 섰다. 남자가 싱크대에서 더 많은 채소들을 씻고있었다. 조리대와 테이블은 물이 흥건하고, 시멘트 바닥에도물이 튀어 점점 짙은 회색으로 변하고 있었다.

"대체 이게 무슨 짓이오?" 새뮤얼이 말했다.

남자는 고개를 들더니 수도에서 물이 콸콸 쏟아져 튀는 데도 왼손을 들어 흔들며 웃기까지 했다.

새뮤얼은 얼른 다가가 수도꼭지를 잠갔다. 그다음 해진 갈색 행주로 조리대를 닦기 시작했다. 남자가 큰 목소리로 뭐라말했다. 그는 식탁 위 채소들과 자신을 번갈아 손가락으로 가리켰다. 새뮤얼은 혀를 쯧쯧 찼다. 남자는 채소를 왕창 따왔다. 당장 거둬야 할 채소뿐 아니라 폭풍이 다가온다는 사실만 잊는다면 하루 이틀 기다려도 좋은 것들까지. 새뮤얼이 바닥에 튄 물을 닦으려 꿇어앉는 사이에도 남자는 말하고 있었다. 남자는 계속 지껄이며 찬장에서 냄비를 꺼내더니 오두막과 그 안에 있는 살림살이가 제 것인 양 아주 자연스레 서랍을 열고 칼을 꺼냈다.

더는 어젯밤의 위협, 목이 그어지는 위협이 생각나지 않았다. 오직 돌 헛간에서 혼자 소리쳤던 그 단어만을 생각했다. 폭력. 하지만 그의 입에서는 완전히 다른 단어가 나왔다. "내 거야." 그는 꿇어앉은 자리에서 일어섰다. 그가 다시 말했다. "내 거야." 그는 남자의 손에서 칼을 낚아채며 말했다. "내 거. 내 거. 내 거라고!"

남자는 낮게 비명을 지르며 가슴팍 앞으로 양손을 들어 보였다. 새뮤얼은 남자를 향해 칼을 들었다. 남자는 뒷걸음질로 거실을 지나 현관으로 물러났고, 새뮤얼은 남자를 따라갔다. . 남자가 문지방을 넘어가자 새뮤얼은 문을 쾅 닫으며 소리쳤다. "문은 닫혔어. 문은 이 순간부터 계속 닫혀 있을 거야!"

새뮤얼은 부엌으로 돌아가 오래된 나무 도마를 꺼냈다. 채소를 마구잡이로 썰기 시작했다. 한번 썰 때마다 칼이 남자의 몸속으로 들어가 목숨을 끝장내는 것을 보았다.

조카들이 문을 걸어 잠그는 그런 저녁, 새뮤얼이 늘 복도에 앉아 동생이 돌아오기만을 기다렸던 건 아니다. 그는 자주 지친 다리를 끌고 도심으로 돌아가 아주 오래전 이민자 소탕 작업이 끝났을 때 그랬던 것처럼 거리를 걸어 다녔다. 그는 이웃 동네를 돌며 젊은 시절의 장소들 중 알아볼 수 있는 곳을 찾아보았다.

그에게 미국인이라는 별명을 만들어준 극장은 더는 존재하지 않았다. 극장 자리엔 차가운 음료와 과자 가게가 딸린 24시간 주유소가 대낮처럼 불을 환히 밝히고 서 있었다. 빨간색과 노란색 유니폼을 입은 종업원들이 휘파람을 불며 기름을 채우고 차창을 닦았다. 길 건너편은 고층 주차장이었다.

그 주차장 옆으로 한때 공원이었던 자리에 준공을 앞둔 또 다른 건물이 있었다. 새뮤얼이 고개를 젖히고 건물 꼭대기를 올려다보는데 작고 아늑한 경비실에서 야간 경비원이 나와서 말했다. "멋지죠?"

"이건 뭡니까?"

"이 건물 말입니까? 몰, 그러니까 복합 쇼핑몰이 될 건물이죠. 네 개 층은 상점이 들어서고, 한 층은 레스토랑이 들어서고, 한 층은 스케이트장과 놀이시설이, 그리고 최상층은 VIP만을 위한 공간이 들어온답니다. 옥상에 자가용 헬리콥터를 주차하는 멋진 사람들 말이죠."

"헬리콥터요?"

"중동인지 어딘지는 잘 생각나지 않는데, 아무튼 어느 석유왕이 건물주거든요. 그는 건물이 완공되면 건물 내부와 외관을 싹 다 황금색으로 칠하고 싶어해요. 사람들은 건물 가까이만 가도 선글라스를 껴야 할 겁니다."

"공원은 없어진 겁니까?"

"음, 네, 슬픈 일이죠. 그래도 공원 일부는 아직 남아 있답니다. 그리고 이 건물은 일자리를 많이 만들었어요. 지금 이 나라에 제일 필요한 게 바로 일자리잖아요. 그리고 이젠 투자자들도 있고, 이젠 음…… 상황이 달라졌어요, 그러니까 정치 상황이, 그간 일어난 일들 덕분에요."

"그렇군요."

"이봐요. 혹시 일자릴 찾나요? 기분 나빠하진 마시고요. 내 말은, 당신이 꼭 일자리를 찾는 분처럼 보여서 말이죠. 당신만 괜찮다면 알려드릴 게 있는데, 일단 이 건물이 완공되어 쇼핑몰이 문을 열면 청소부가 필요하답니다."

"여기서요?"

"여기가 아니면 달리 어디겠습니까?" 야간 경비원이 껄껄 웃었다. 그다음 그는 건물을 쳐다보는 새뮤얼의 눈치를 살피다가 친절하게 말했다. "이봐요, 이 도시는 초행입니까?"

"아니, 난 이 인근에서 자랐습니다. 하지만 오랫동안 이곳을 떠나 있었죠."

"오." 남자가 말했다. 얼굴에서 미소를 거뒀다. "혹시, 그들 중 한 명인가요? 감옥에 있다가 풀려난?"

"맞아요, 그게 바로 나예요."

"잘 들어요, 아저씨. 내 생각에 청소부 일은…… 사람들은 문제가 생기는 걸 질색한답니다. 여긴 멋진 장소이고, 그들은 말썽이나 골치 아픈 일이 생기는 걸 원하지 않아요."

"당연히 그렇겠죠, 무슨 말인지 압니다."

"이젠 상황이 달라졌어요. 아시겠지만 시끄러운 일을 만들

필요가 없죠. 우리는 삶을 살아가고 싶을 뿐입니다. 다른 생각 없이 열심히 살아가기만 바라죠. 이제 모든 게 좋아졌으니까요."

"말썽은 없을 테니 걱정 말아요. 당신은 내게 친절을 베풀었는데, 걱정 말아요. 난 지금 떠나니까. 고마웠소."

긴 시간이 흐르고 시대도 변했지만 도시의 빈민가는 나아지지 않았다. 오히려 예전에 멀끔했던 이웃 지역으로까지 넓어지고 있었다. 거리는 판잣집으로 메워져 새뮤얼은 한때 손바닥 보듯 잘 알고 있다고 생각한 거리를 전혀 알아볼 수 없었다. 그가 가족과 함께 살던 단지는 그래피티로 뒤덮이고 창문은 대부분 깨져 있었다. 엇섞인 빌딩과 판잣집들 사이 좁은 골목들은 말 그대로 쓰레기장이었다. 쓰레기를 밟지 않고는 골목으로 들어갈 수 없었다.

냄새나고 소란스러운 거리를 새뮤얼은 힘겹게 걸어갔다. 오랫동안 감옥에 있었음에도 그의 마음속 바깥세상은 조금도 바뀌지 않았다. 아들은 여전히 갓난아기이고, 동생은 십 대이고, 그들의 집도 그대로이고, 가족들 모두 살아 있었다. 길거리는 여전히 사람들이 무서운 군인들을 피해 고개를 숙이고 달려 나오는 위험한 장소였다. 하지만 지금 서 있는 이 도시는 그가 알던 곳과 너무도 달라져 있었다. 오토바이와 차들이, 그가 상상한 것보다 훨씬 많은 차량이 달리고 있었다. 야시장과 상점들, 밤늦게까지 술을 마시는 사람들도 눈에 많이 띄었다. 자유는 그에게 그저 두려움으로 다가왔고, 그는 언제라도 자신의 얼굴을 겨누는 소총을 발견하고 '넌 범죄자야' 하는 말을 듣게 될 거라 생각하며, 귀를 쫑긋 세우고 눈을 크게 뜨고 조심스럽게 한 발 한 발 내디뎠다. 왕궁으로 돌아가 남은 생을 보내는 일이 일어날지도 몰랐다. 하지만 이곳에 군인은 없었다. 군인들은 모두 사라졌다. 이제는 어떤 제한도 없었다.

그럼에도 독재자가 완전히 떠난 것은 아니었다. 독재자는 가장 후미진 지역에 있는 녹슨 광고판에 끄트머리가 말린, 종이 쪼가리에 불과한 빛바랜 포스터들에 흐릿하게 남아 있었다. 그러나 새뮤얼은 그 광고판의 옛 모습을 기억하고 있었다. 미소를 머금은 얼굴로 부성애와 명령과 전지전능을 상징하던 남자의 표정들을 기억하고 있었다. 헌신과 숭배를 요구하던, 도시에서 일어난 모든 일을 눈을 깜빡이지 않고 목격하던 위대한 얼굴을 기억하고 있었다. 그 시절 포스터 훼손은 반역이었기에 사람들은 건드리지 않았다. 이제 모든 것이 더럽혀지고 덧칠해진, 만져도 안전한 시대가 되었건만 사람들은 아직도 포스터를 건드리지 않았다.

새뮤얼은 죄의식과 수치심 때문에 다른 곳으로 나아갈 수 없었다. 동지들과 모이던 선술집을 똑바로 쳐다볼 자신이 없었다. 메리아가 살던 동네 쪽으로도, 그리고 어느 날 밤 그녀의 헐떡거리는 숨소리와 간절한 속삭임을 들으며 벽돌 벽에 무릎이 까지도록 사랑을 나눴던 지하 배수로 쪽으로도 걸음이 떼지지 않았다. 과거의 모든 장소들 중에서 가장 다시 볼 자신이 없는 장소는 광장일 것이다. 거대한 석상이 사라진 건 그도 알고 있었다. 측근이 몇 주 동안 먹인 독을 먹고 독재자가 쓰러지자마자 석상은 치워졌다. 그즈음 독재자는 피해망상이 극에 달한 늙은이였다. 사람들은 독재자가 치매에 걸렸을지 모른다고 속닥거리고 그의 정신이 오락가락한다고 뒤에서 쑥덕거렸었지만, 독재자는 질기게 살아남아 곧 병상에서 일어나 재기하리라 더더욱 무섭게 위협하고 있었다.

이제는 석상이 없다 하더라도 새뮤얼은 그 실패의 현장으로 돌아가고 싶지 않았다. 만약 그때 그 군인을 죽였다면, 군인의 목을 끝까지 졸랐거나, 가까이 나뒹굴던 아무거나 잡아 군인의 머리를 내리쳐 기절시키고 짓이길 용기가 있었다면 어떻게 되었을까. 아마 그는 자유인이 되어 있을 것이다. 가족을 이룬 남자가 되었을 것이다. 자기 아들의 엄마를 자신을 심문한 군인들에게 넘긴 겁쟁이 끄나풀보다는 훨씬 나은 사

람이 되었을 것이다. 아들을 키워내고, 손자들과 놀아주는 사
람이 되었을 것이다. 그것이 새뮤얼이 밤에 거리를 걸으며 스
스로 던진 질문이었다. 만약 더 용감했다면, 살인하기를 두려
워하지 않았다면, 나는 지금 어떤 사람이 되어 있을까.

오후의 폭풍이 하늘을 찢을 듯 때리는데도 남자는 아직 돌아오지 않았다. 새뮤얼은 벌써 두 번이나 바깥에 나갔었다. 처음엔 첫 번째 빗방울이 떨어지자마자 닭들을 닭장으로 몰아넣기 위해서, 다음에는 등대 불빛이 잘 돌아가는지 확인하기 위해서. 그 무렵 빗줄기는 아주 세차졌고, 등대에서 내다보는 하늘은 견고한 짙은 잿빛으로 바뀌었다. 새뮤얼은 남자가 어디를 갔을지 전혀 짐작이 가지 않았다.

새뮤얼은 등대 창가에 한참 서서 헛간에 누워 있는 반 벌거숭이 여자를 생각했다. 여자의 몸은 그가 헛간으로 끌고 갔을 때 묻은 물기로 젖어 있었다. 물기를 닦아주고 담요로 여자의 몸을 가려줬어야 했는데 그러질 못했다. 차가운 맨바닥에 누워 있는 여자, 무너진 벽과 천장에서 들이친 빗물이 웅덩이로 변하면서 여자를 집어삼키고 그녀의 속을 적셔 썩게 만들 거라고 생각하니 마음이 편치 않았다.

새뮤얼이 돌아왔을 때, 오두막은 비어 있었다. 남자는 아직도 돌아오지 않았다. 새뮤얼은 스토브 위에서 끓고 있는 스튜를 휘적휘적 저은 다음 창문들이 잘 닫혀 있는지 점검했다. 그는 빗물이 들어오는 거실 창틀에 수건을 꾹꾹 눌러두었다. 양동이를 들고 침실로 가 비가 새는 곳에 받쳐두었다. 음식을 다 만들고도 그는 먹지 않았다. 그는 물을 끓였다. 소파에 앉아 허벅지에 두 손을 얹었다. 커피 탁자 위, 단추로 만든 꽃다발이 꽂힌 단지를 바라보았다.

나중에 현관에서 노크 소리가 한 번 났다. 새뮤얼은 문을 열고 몸이 흠뻑 젖은 남자를 복도로 잡아끌었다.

"당신은 그런 식으로 도망가지 말아야 했어." 그가 말했다. "난 늙은이야. 내가 누구를 다치게 한 적이 있겠나?"

새뮤얼은 주로 어린 시절 다니던 빈민가와 거리들을 어슬렁거렸다. 가끔은 항구처럼 먼 곳까지도 나갔다. 그런 어느 밤, 그는 생선 포장 공장 벽에 기대서 있던 여자 앞을 지나갔다. 여자가 그에게 소리쳤다. "자기, 황홀한 시간 보내고 싶어? 이리와서 맛 좀 봐." 항구 주변에는 만선으로 돌아온 어부들과 오랜만에 뭍을 밟는 외국 선원들을 기다리는 창녀들이 많았다. 새뮤얼은 여자를 흘낏하고 고개를 저었다. 그대로 계속 걸었어야 했는데, 여자의 어딘가가 익숙했다.

"메리아." 그가 말했다.

"누구지?" 여자는 어둠 속으로 사팔눈을 뜨며 대답했다. 그는 여자에게 걸어갔고, 여자는 놀란 듯하다가 이내 깔깔 웃었다. "맙소사, 양복쟁이, 아직 살아 있었어? 몇 년 전에 죽은 줄 알았는데."

"아직 살아 있어."

그녀는 새뮤얼이 마지막으로 봤을 때보다 몸이 많이 불었다. 꽉 끼는 짧은 드레스에, 가슴이 옷 바깥으로 쏟아져 나올 것 같았다. 얼굴은 딱딱하고 못생기고, 싸구려 가발 아래 눈은 가느다랬다. 이가 몇 개 빠져 살짝 혀짤배기소리를 냈다.

"당신도 출소한 거야?" 새뮤얼이 물었다.

"아니, 난 교도소 같은 덴 간 적 없어."

"아니라고? 그들한테 잡히지 않았어? 나중에라도?"

그녀는 어깨를 으쓱했다. "어떻게 말해야 할까? 난 영리한 사람이야. 난 도망쳤어."

"그동안 어떻게 지냈어?"

"무슨 생각으로 그런 질문을 하지? 내가 어떻게 지낸 걸로 보여, 응?"

"미안해, 내 말은 그냥……."

"당신은 옛날 양복쟁이 시절에서 조금도 달라지지 않았네. 세상이 두 쪽 나도 변하지 않을 사람이야, 절대로. 혹시 담배 가지고 있어?"

그는 고개를 젓고 말했다. "당신은 내 부모님이나 메리 마사를 찾지 않았어. 마사는 가두시위 이후 당신을 본 적이 없다더군."

"그래서 뭐 어쩌라고?"

"당신은 레시를 두고 떠났어. 레시는 갓난아기였는데, 당신은 레시를 돌보러 돌아가지 않았지. 우리 모두는 당신이 죽었고, 그래서 아이를 돌보지 못한 줄로만 알았어."

"음, 당신들이 틀렸어. 난 여기, 팔팔하게 살아남아 신나게 살고 있어."

"내게 어떤 일이 일어났을지 궁금하지도 않았나?"

그녀는 대답하지 않고 몸을 떨고는 작은 재킷으로 가슴을 여미려 애썼다.

"레시는 죽었어, 알고 있겠지만." 그가 말했다.

"들었어."

"당신은 애가 죽었는데도 화를 내지 않는군."

"아, 빌어먹을. 양복쟁이, 그건 오래전 일이야. 나는 지금 다른 골칫거리들로 충분히 힘들어. 다 지나간 일을 끌고 올 형편이 아니라고. 아무튼, 레시는 내 자식이라기보단 당신 자식이었어. 레시는 죽은 게 차라리 다행이지. 인간다운 삶을 살진 못했을 테니까."

"당신은 나를 같잖은 존재로만 생각하는군." 새뮤얼은 손가락질하면서 그녀에게 다가갔다. "당신은 늘 그랬지. 너를 좀 돌아봐. 그 꼴이 뭐야, 메리아, 부두에서 남자나 꾀고."

"내 얼굴에서 손가락 치워." 그녀가 말했다. "내가 뭘 부끄러워해야 하지? 난 내 나라를 위해 싸웠고, 지금 이 꼴로 살고 있어. 그게 뭐? 도대체 뭐가 문제라는 거야?"

새뮤얼은 손을 옆으로 내리고 누그러진 목소리로 말했다. "다른 사람들은 어떻게 됐지? 그들 중 누구라도 본 적 있어? 그들에게 무슨 일이 일어났는지 알아?"

"몰라, 다 아주 옛날 일이잖아. 나는 옛일에 괴로워하면서 허우적댈 처지가 아냐."

"음, 그래." 그는 이미 걸음을 옮길 준비를 하며 말했다. "이걸로 끝이겠군."

"있잖아." 그녀가 주변을 두리번거리며 말했다. "돈 좀 있어? 날 좀 도와줄래? 먹여 살려야 하는 아이들이 있어. 뭐라도 줘봐, 가진 게 있다면. 당신 나한테 그 정도는 빚졌잖아."

새뮤얼은 주머니에서 얼마 안 되는 돈을 꺼냈다. 그녀는 기뻐하며 그것을 받아 손바닥에 올리고 셌다. "제기랄, 양복쟁이, 이까짓 푼돈에 당신 물건을 빨아주진 않을 거야."

"그러라고 준 돈도 아니야. 아무튼, 그게 내가 가진 전부야. 다른 건 없어. 만약 있었다면 더 줬을 거야."

그녀는 그를 위아래로 훑어보았다. "줬을 거다? 하긴 그게 사실이지. 당신은 늘 호락호락한 호구였으니."

적막한 밤공기 속으로 웃음소리가 퍼지며 거친 목소리들이 들려왔다. 두 사람은 부두를 훑어보았다. 선원들이 무리지어 다가오고 있었다.

"잘 들어, 양복쟁이. 당신을 봐서 좋긴 한데 그게 다야. 이제 꺼져줘. 난 오늘 밤 돈 좀 벌어야 하니까."

"그래. 몸조심해." 그는 말하며 돌아섰다.

그는 구걸로 번 음식이나 동전을 들고 몇 차례 다시 항구로 찾아갔지만 메리아를 보지 못했다. 그는 다른 여자들에게 그녀를 보았느냐고 물었다. 여자들은 고개를 저으며 전혀 모른다고 말하고는 그에게서, 늙은 남자의 가난한 냄새에서 멀어졌다.

새뮤얼은 평소라면 생각지도 않았을 친절을 베풀어 자신의 행동을 만회하려 했다. 그는 남자를 침실로 데려간 다음 선반에서 깨끗한 옷가지와 마른 수건들을 꺼내 발치에 두었다. 이어 부엌에 들어가 팔팔 끓는 물을 양동이에 가득 채웠다. 양동이를 침실로 가져가 남자가 자유롭게 씻고 옷을 갈아 입도록 방을 나왔다.

남자가 몸에 맞지 않는 옷을 입고 비누 냄새와 훈김을 풍기며 방에서 나오자 새뮤얼은 남자를 부엌으로 데려갔다. 요리하며 나온 김으로 부엌도 훈훈했다. 새뮤얼은 남자에게 설탕을 듬뿍 넣은 차를 건네고 음식도 한 접시 가득 담아 내줬다. 자기 몫의 음식은 지난번 자선물품과 함께 온 이 빠진 접시에 담았다.

두 남자는 말없이 음식을 먹었다. 새뮤얼은 조심스럽게 남자를 살폈다. 남자는 손가락이 뻣뻣한 듯 이따금 손을 쭉 펴기도 하고 등줄기의 소름을 떨치려는 것처럼 어깨를 비틀기도 했다. 남자는 확실히 전보다 음식을 오래 씹으며 천천히 먹었다. 눈은 앞에 있는 접시에 꽂혀 있거나 정면, 새뮤얼 뒤에 있는 벽의 한 지점을 바라보았다. 남자는 말하려 애쓰지 않았다. 미소 짓지 않았다.

새뮤얼은 눈을 내리깔고 숟가락질했다. 그가 다시 눈을 들었을 때, 남자는 고개를 옆으로 살짝 돌린 채 조리대를, 조리대에 있는 뭔가를 응시하고 있었다. 새뮤얼은 남자의 시선을 눈으로 좇았다. 칼이었다. 조리대 끄트머리에, 남자가 팔을 뻗으면 닿을 거리에 칼이 놓여 있었다. 새뮤얼은 남자를 똑바로 보며 시선을 마주치려 했다. 남자는 눈도 깜빡거리지 않았다. 음식을 계속 씹으며 새뮤얼의 시선을 되받았다.

갑자기 바람이 거세지며 부엌의 작은 창문이 덜컹 열렸다. 새뮤얼은 깜짝 놀라 벌떡 일어나 망사 커튼을 쳤다. 그는 이 틈을 이용해 조리대에 있던 물건 몇 가지를 옮겼다. 냄비를 개수대에 넣고, 조리대를 닦고, 칼도 필요할 경우 그가 앉은 자리에서 손만 뻗으면 닿을 곳으로 옮겨놓았다.

자리에 다시 앉는데, 테이블 중앙에 전에 없던 뭔가가 눈에 띄었다. 밤이 되면 눈이 침침해지는 터라 그는 몸을 숙여야 했다. 앞에 있는 물체가 서서히 선명해졌다. 테이블 가장자리를 짚은 그의 손가락이 떨렸다. 그것은 돌 헛간에 있던 거북 등딱지였다. 다른 물건일 수 없었다.

남자가 헛간을 발견했고 헛간으로 들어가 시체를 본 것이다. 남자는 자신의 범행이 새뮤얼에게 발각됐다는 사실을 알고 있는 것이다.

새뮤얼은 조심스럽게 눈길을 들었다. 남자는 손을 올리더니 손가락 하나를 뻗었다. 새뮤얼은 목을 길게 찢는 손짓이 다시 보이길 기다렸지만, 그것은 나타나지 않았다. 이번에 남자는 손가락을 입으로 가져가 입술을 뾰족하게 내밀며 부드러운 소리로 말했다. "쉿."

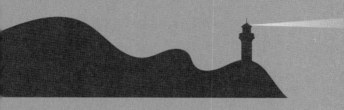

AN ISLAND

넷째 날

잠에서 깼을 때 새뮤얼은 여전히 칼을 쥐고 있었다. 칼을 쥔 손과 팔이 뻣뻣했다. 그는 허리를 일으켜 앉은 다음 뻐근한 어깨를 살짝 돌리며 움직여보았다. 칼을 매트리스에 내려놓고 손가락을 쭉 펴며 하품을 하고 입안에서 혀를 이리저리 돌려보고 다시 하품을 했다.

바깥에서 귀에 익은 소리가 들려왔다. 탕, 탕, 돌을 내리치는 쇳소리가 느린 리듬으로 이어지고 있었다. 그 소리가 새뮤얼을 깨운 게 분명했다. 그는 일어나서 창가로 가 망사 커튼을 젖혔다. 변소의 벽 일부와 젖은 풀과 돌멩이, 하늘을 나는 갈매기들이 보였다. 그는 어제 등대로 나갈 때 입었던, 빗속을 달리느라 젖었다가 아직 다 마르지 않은 옷을 얼른 꿰입었다. 칼을 다시 잡아 축축한 손아귀에 단단히 움켜쥐었다.

거실로 나가니 남자의 담요가 반듯하게 개켜져 소파 등받이에 놓여 있었다. 커튼은 모두 젖혀 있고 창문들도 열려 있었다. 하지만 그가 복도에 들어서며 본 현관은 닫혀 있었다. 남자는 요전 날 무척 용의주도했던 것이다. 새뮤얼은 문손잡이를 잡았다. 문은 늘 뻑뻑했는데 날이 궂으니 더 그랬다. 그는 문에 어깨를 댄 채 손잡이를 돌리는 동시에 위로 끌어 올려야 했다. 문이 안쪽으로 홱 열렸고, 그는 그제야 현관 열쇠가 제자리에 꽂혀 있지 않은 걸 깨달았다. 그는 현관 열쇠를 사용한 적이 없었다. 그가 알기로 열쇠는 무용지물이고, 그럼에도 늘 열쇠구멍에 꽂아두었는데, 지금 그 열쇠가 보이지 않았다. 남자가 열쇠를 가져간 것이다. 이게 그 증거다. 오해의 여지가 없다. 새뮤얼을 가두려는 시도가 진행되고 있다. 사라진 열쇠는 남자가 그를 가두고 섬을 차지할 계획을 꾸미고 있다는 명백한 증거다.

섬. 섬. 섬은 새뮤얼의 것이다. 그의, 그만의 것이다. 헛간 바닥의 흙을 맛본 사람도 그였으며, 이곳을 다듬고 길들이고 구축해 지금의 모습으로 만든 사람도 그였다. 그는 섬을 빼앗기지 않을 것이다. 이제 남자와 정면으로 마주할 때다. 그는 충분히 친절을 베풀었고, 다른 사람들이 해줄 법한 것보다 많은 것을 주지 않았던가. 이제는 남자의 얼굴을 대면하고 말해야 한다. 공급선이 올 때까지만 이곳에 있을 수 있다고. 공급선이 올 때까지 남자는 소파에서 잠자고 내주는 옷을 입고 앞에 놓인 음식을 먹을 수 있지만, 더는 섬을 어슬렁거려선 안 된다. 새뮤얼 방에 들어오는 것도, 위협이나 손가락질도 안 되고, 물건을 제멋대로 만지거나 가져가서도 안 된다. 2주 후 남자는 무조건 섬을 떠나야 하며 다시 돌아올 생각도 말아야 한다. 남자는 환영받지 않는다.

새뮤얼이 마당에 나가 다가가는데도 닭들은 정신없이 모이를 쪼고 있었다. 남자가 닭장의 닭들을 풀어주고 모이를 흩뿌린 것이다. 작은 붉은 암탉도 밖으로 내보내졌다. 암탉은 남자의 발치에 앉아 있었다. 깃털 빠진 가슴과 엉덩이에 딱지가 앉고 오톨도톨 닭살이 돋아 있었다. 암탉은 눈을 감고 있었고, 바로 옆에서 남자가 커다란 해머를 휘두르는데도 겁내지 않았다. 해머는 묵직하게 바위를 박살 내고 있었다. 쪼개진 돌멩이들이 이미 한 곳에 수북하게 쌓여 있었다.

남자가 복도에 있던 대형 해머를 허락도 안 받고 들고 나간 것이다. 구두와 챙 넓은 헐렁한 모자까지 챙겼다. 묶지 않은 구두끈이 모래땅에 끌려 젖어 있었다. 남자 가까이에 큼지막한 돌 다섯 개가 늘어서 있었다. 외바퀴 손수레는 보이지 않았다. 빼빼하고 냄새나는 이 야만인이 도구도 쓰지 않고 저 돌들을 안아 여기까지 옮겼단 말인가? 자신에게는 며칠이 걸렸을 일을 남자가 한두 시간에 해냈다는 게 새뮤얼은 믿기지 않았다.

남자가 깨진 작은 돌멩이를 돌무더기에 얹는 순간 새뮤얼은 저 돌의 용도가 궁금해졌다. 무너진 돌담을 수리하는 것치고는 양이 많았다. 지나치게 많았다. 그다음 여자가 기억났고, 남자가 헛간과 거북 등딱지를 발견했으며 여자도 찾아냈다는 데 생각이 이르렀다. 남자는 여자를 장례 치르듯 돌담 어딘가에 넣음으로써 자신의 죄를 숨기려는 것이다. 하지만 그렇다 해도 여전히 돌이 너무 많다. 시체 하나를, 체구가 작은 여자를 덮는 데 저렇게 많은 돌이 필요할 리 없다. 만약 시체가 두 구라면……. 그렇다면 이야기가 달라질 테지, 그제야 이해가 갔다. 돌은 시체 두 구를 덮기에 충분한 양이었다.

새뮤얼은 눈을 감았다. 사라진 오두막 열쇠와 목을 긋는 손가락, 그 손가락이 남자의 입술에 닿던 장면이 다시 눈앞에 어른거렸다. 새뮤얼은 또 다른 시체가 되고 말 것이다. 남자는 새뮤얼을 오두막에 가두고 굶기고 때리다가 그마저도 지겨워지면 그의 목을 가를 것이다. 빛바랜 카펫 위로 피가 흐르고, 모래 섞인 곡물을 검게 물들이게 둘 것이다. 두 사람,

그러니까 여자와 새뮤얼은 돌담 아래 매장될 것이다. 돌담 아래에서 그들은 썩어가고, 그들의 몸뚱이는 흙과 먼지로 화하고, 남자의 범죄는 섬의 일부가 될 것이다.

남자가 망치질을 멈추었다. 고개를 들고, 모자를 젖히고, 새뮤얼의 시선이 닿는 곳을 쳐다보았다. 남자는 땀을 뻘뻘 흘리면서도 티셔츠와 축구 유니폼 저지를 벗지 않았다. 남자는 한쪽 소매로 이마를 닦았다. 싸구려 울에 짙은 회색 선이 생겼다. 남자는 반색하며 새뮤얼에게 걸어오다가 새뮤얼이 손에 쥔 칼을 보고 우뚝 멈췄다. 입가에는 막 떠올랐던 미소를 아직 머금은 채, 해머를 두 손으로 잡아 허리와 아랫배에서 사선이 되도록 바닥에서 살짝 띄운 자세였다. 남자가 다시 앞으로 움직였다.

새뮤얼은 팔을 올려 남자에게 날이 선명하게 보이도록 칼을 내밀었다.

남자는 더 다가왔다. 고개를 잽싸게 옆으로 젖혀 칼날을 피한 다음 강하고 경직된 어투로 무어라 질문했다. 새뮤얼은 고개를 홱 쳐들었다. "네놈은 나를 그저 늙은 바보라고, 네놈의 꿍꿍이를 모르리라고 생각하겠지. 난 네놈을 알아. 다 알고 있어. 이 늙은 바보는 네가 무슨 짓을 했으며, 앞으로 뭘 할 계획인지도 알아." 그는 칼을 겨눴다. "그거 내려놔. 분명히 말하는데, 난 이 섬을 내주지 않아. 해머 내려놔. 넌 해머를 들고 있으면 안 돼. 해머의 단 일부분도 네놈 게 아니야."

남자는 미동도 없이 서서 새뮤얼을 노려보았다. 새뮤얼은 앞으로 나아갔다. 허공에 칼을 그었다. "해머 내려놔. 어서. 내려놓으라니까!"

남자의 손이 해머를 더 단단히 움켜잡았다. 그는 이맛살을 찌푸렸다.

"해머 내려놓으라고 했잖아! 여긴 내 땅이야. 난 이 땅을 포기하지 않아."

결국 남자는 어깨를 으쓱하고 한 걸음 물러섰다. 몸 앞에 들고 있던 해머를 바닥에 떨어뜨렸다. 두 손을 들어 손바닥을 보이며 계속 뒷걸음질했다.

잠시 그들은 꼼짝 않고 서서 서로만 바라보았다. 그들 뒤에서 닭들이 흙바닥을 차며 꼬꼬댁 울었다. 가마우지 한 마리가 텃밭 돌담에 내려앉아 부리로 한쪽 날개 밑을 쪼고는 다시 날아갔다.

남자가 나직이 무어라 말하기 시작했다. 손은 계속 높이 올리고, 시선은 새뮤얼에게 붙박였다.

"무슨 말이야? 내가 못 알아듣는 거 알잖아. 무슨 말을 하는 거야?"

남자가 앞으로 한 걸음 다가왔다. 새뮤얼은 칼로 허공을 찔렀다. "물러서. 엉뚱한 생각 마. 난 다 준비되어 있다고."

하지만 남자는 한 걸음을 더 떼며 계속 낮은 목소리로 말했다. 고개를 젓다가 한쪽 입꼬리를 올리며 미소 지었다. 남자는 천천히 계속 앞으로 나아갔다. 한 걸음을 뗄 때마다 흙 묻은 신발 끈이 땅에 끌리고 밑창에서 모래가 바스락거렸다. 남자는 계속 말하고 있었다. 아무 의미 없는 말이지만 그 말이 새뮤얼을 멈추게 했다. 새뮤얼은 눈길을 떨구고 칼을 다른 손으로 옮겼다. 입술을 핥자 짠맛이 났다. 그는 바로 지금이 앞으로 돌진해 남자의 배에 칼을 찔러넣을 때라고 생각했다. 하지만 자신이 그 일을 해내지 못하리란 걸 알고 있었다. 그는 다시 포장도로에서 군인에게 길을 비켜준, 광장에서 군인을 죽이지 못하고 풀어준 그 남자가 되어 있었다. 그게 새뮤얼이었다. 유약한 남자. 새뮤얼은 칼을 떨구고, 겁쟁이의 외마디 절규를 내지르고, 돌아서서 오두막을 향해 달려갔다. 남자가 칼을 주워 쫓아오는지 확인하려 돌아보지도 않았다.

새뮤얼이 비틀거리며 문지방을 넘을 때 귓전에서 실패자라는 말이 크게 울렸다. 그는 도망쳤고, 달아났고, 자신을 살인자에게 송두리째 내맡겼으며 가진 전부를 포기했다. 그는 죽을 것이다. 죽고 말 것이다.

하지만 다음 순간, 새뮤얼은 넘어졌고, 열쇠를 발견했다. 열쇠는 복도 카펫 위에 덩그러니 놓여 있었다. 열쇠는 도둑맞은 게 아니었다. 열쇠는 내내 그 자리에 있었다.

새뮤얼은 얼마간 기다린 다음 벽을 짚으며 몸을 일으켰다. 심하게 넘어지진 않았지만, 숨이 거칠어지고 충격으로 무릎이 뒤틀렸다. 그는 고리에 걸린 재킷에 등을 기댄 채 심호흡을 두어 번 했다. 이번에는 아무도 그를 넘어뜨리지 않았다. 알고 있었다. 그는 혼자 제풀에 넘어졌다. 지난번 등대에서 넘어진 일은 어땠던가. 힘이 빠져 후들거리는 자기 다리 때문에 넘어진 게 아니라고 단언할 수 있을까. 그는 늙었고, 그의 약한 다리는 더는 바닥을 단단하게 디디지 못한다. 남자는 그가 지난번에 넘어진 일과 아무 관련이 없다. 새뮤얼 자신이 망상에 빠져 아무 증거 없이 남자를 범죄자라고 믿었을 뿐이다. 남자가 무슨 나쁜 짓을 했던가? 아무 짓도 하지 않았다. 남자가 범죄자라고 단정할 일은 아무것도 없었다. 죽은 여자도, 위협도, 다른 나머지 일도 모두 억측이었다.

새뮤얼은 손가락으로 벽을 가볍게 두드렸다. 몸이 좋지 않았다. 아니, 아주 나빴다. 처음 느끼는 가볍고 날카롭고 낯선 불안감이 몸을 관통했고, 그것은 이리저리 움직이면서도 어디로도 가지 못하는 것 같았다. 그저 한 자리에서 총을 발사하고 죽어갈 뿐. 새뮤얼은 너무 피곤했다. 뼛속까지 피곤했다. 아무것도, 심지어 저 가볍고 예리한 감각마저도 그의 노쇠한 몸 구석구석을 무겁게 누르는 납 같은 피로를 이기지 못했다.

바깥에서, 남자는 다시 돌을 깨고 있었다. 돌과 쇠붙이가 맞붙는 소리가 들려왔다. 새뮤얼은 모래 묻은 카펫에서 열쇠를 집어 구멍에 다시 끼웠다. 바깥을 흘깃 내다보았다. 비가 곧 또 쏟아질 것 같았지만 그는 현관을 열어두었다. 남자에게 열린 문을 보여주고 오두막으로 돌아오게 하고 싶었다.

새뮤얼은 부엌에 들어가 찌르르하고 불안한 기운이 남아 있는 팔로 어제저녁 먹은 그릇들을 오랫동안 설거지했다. 물을 끓이고 너그러이 설탕 세 스푼을 넣어 달콤한 차를 만들었다. 칼이 없어서 조리대에 놓인 빵을 손으로 찢었다. 빵은 덮어두지 않아 구수한 맛이 날아가고 잇몸이 아플 정도로 딱딱하게 굳어 있었다. 그는 빵을 차에 적셨다. 원래는 프라이팬에 살짝 구운 다음 달걀과 토마토를 곁들여 먹어야 하는데, 그럴 기운이 없었다.

새뮤얼은 남자가 아직 아무것도 먹지 않았는지 궁금했다. 남자가 뭐라도 먹었다고 짐작할 만한 음식 부스러기나 접시는 보이지 않았다. 남자에게 차와 빵을 가져다줄까 생각하다가 그러지 않기로 했다. 더 친절해져야 한다는 걸 알면서도 지난 며칠 스스로 일을 키운 자신의 옹졸함과 분노와 피해망상을 풀어놓기가 겸연쩍었다. 늙은 몸뚱이, 짓누르는 등대, 그를 자꾸 끌어내리는 길고 긴 과거, 거짓과 두려움이 범벅되어 혼란스러운 정신 상태를 설명할 길이 없었다.

식사가 끝나자 새뮤얼은 조리대를 훔치며 빵 부스러기를 한 손에 받아낸 다음 개수대 위로 몸을 기울여 창밖으로 던졌다. 거실을 정리하러 갔지만 할 일이 없었다. 남자가 이미 깔끔하고 반듯하게 정돈해두었다.

그는 초조하게 소파에 앉았다. 희미해졌던 불안감이 되돌아오고 있었다. 어지럼증이 일었다. 집중해 생각하기가 점점 힘들어지더니 아예 불가능해졌다. 온몸이 아팠다. 그는 눈을 감았고, 순간 옆구리에서 빠르게 움직이는 날카로운 감각에 몸이 뻣뻣해졌다. 몸 안으로 들어온 칼, 칼, 칼. 그는 헉헉거리며 옆구리를, 팔을 움켜잡았다. 내가 죽어가는 걸까. 이게 죽음인가. 타는 냄새가 나는 것도 같았다. 확실하진 않았다. 그는 다리를 몸 쪽으로 끌어당기며 웅크렸다. 그다음 그는 자신을 떠나 사라졌다. 아무것도 남기지 않았다.

달그락 연장 소리가 새뮤얼을 깨웠다. 뭔가 냄새도 났는데, 들려오는 소리와는 어울리지 않게 짙고 축축한 느낌의 냄새, 퇴비 냄새였다. 역겨운 냄새가 콧구멍을 막고 있는 듯 사방에서 진동했다. 아침에 느꼈던 어지럼증과 통증은 언제 그랬느냐는 듯 신기하게 사라졌지만 그는 소파에서 일어나지 않았다. 그가 잠들어 있는 사이 누가, 그 남자가 그에게 담요를 덮어준 모양이었다. 그럼에도 그의 손과 발은 차갑고, 얼음장처럼 차갑고, 이마는 펄펄 끓고 있었다.

새뮤얼은 눈을 떴다. 남자는 바닥에 무릎을 대고 앉아 있었다. 커피 탁자는 옆으로 옮겨졌고 해진 카펫이나마 망치지 않으려는 듯 신문지를 깔아두었다. VCR 플레이어는 합판으로 짠 캐비닛에서 꺼내져 먼지로 뒤덮인 어두운 흔적만이 남아 있었다.

퇴비 냄새는 열린 창문으로 들어오고 있었지만 더 가까이에서, 남자에게서도 나고 있었다. 남자의 축구 유니폼 저지와 무릎 부위에 덧대진 갈색 패치에 퇴비가 얼룩덜룩했다. 남자가 텃밭에 퇴비를 뿌린 게 분명했다. 새뮤얼은 자신이 하기 싫어 미뤄왔던 일을 대신 해준 남자가 고마웠다.

남자가 VCR에서 고개를 들더니 새뮤얼에게 웃어 보였다. 남자는 고개를 한쪽으로 갸웃하고 두 손을 포개 얼굴을 받치며 잠자는 흉내를 냈다. 그러곤 다시 싱긋 웃었다. 새뮤얼은 고개를 끄덕이고, 미소로 화답하고, 으쓱 어깻짓을 했다.

남자는 VCR을 분해해 부품들을 만지작거리고 있었다. 노란 손잡이가 달린 소형 스크루드라이버로 부품들을 가리키고는 몇 마디를 말했다. 그러고는 몸짓을 해 보였는데, 그 몸짓이 새뮤얼을 놀라게 했다. 주먹을 쥐었다가 엄지를 올리는, 모든 게 잘되었고 앞으로도 잘될 거라고 알리는 신호였다. 새뮤얼은 남자가 이 손짓을 하는 걸 처음 보았고, 이제껏 희망이 없던 장소에서 희망의 작은 꽃송이를 본 듯한 기분을 느꼈다. 여기 소중한 것이 있다. 언어의 시작. 손가락으로 가리키거나 흉내 내기가 아닌, 진짜로 할 수 있는 말이 생긴 것이다.

새뮤얼은 콧잔등을 문지르고 쑥스럽게 같은 몸짓을 되돌려 주었다. 손가락이 잘 구부러지지 않았다. 남자는 하하 웃으며 같은 몸짓을 반복했다.

새뮤얼은 소파에서 몸을 일으키려다 잠시 팔걸이를 잡고 안정을 취했다. 오두막 안은 이미 어둑했다. 폭풍을 동반한 먹구름이 몰려들고 있었다. 콰르릉 쾅, 멀리에서 천둥이 낮게 울었다. 새뮤얼은 남자가 작업하기 좋도록 거실 등을 켰다. 그다음 부엌에 들어가 부엌 등도 켰다. 조리대 위에 놓인 칼을 보고 놀랐다. 칼은 그 자리를 떠난 적 없으며 아무도 위협하지 않았던 듯 얌전히 놓여 있었다.

새뮤얼은 물을 끓일 준비를 한 다음 컵과 티백을 꺼냈다. 그다음 반신반의하며 칼을 집었다. 칼은 이제 가볍고 무용한 물건처럼 보였다. 그는 아까 손으로 찢어 우툴두툴한 빵의 가장자리를 칼로 도려냈다. 빵을 두 조각 잘라내고, 개수대에서 스푼을 들어 평평한 등으로 빵에 마가린을 발랐다. 빵 두 조각을 앞뒤가 황금빛 갈색이 되도록 뒤집어가며 프라이팬에 구웠다. 차를 만든 다음 한 손에는 따뜻한 빵을 다른 손에는 머그를 들고 날랐다. 남자의 머그와 빵을 테이블에 놓인 잡지 위에 올려놓았다.

남자는 VCR 플레이어를 텔레비전에 다시 연결하려 애쓰

고 있었다. 스크린이 켜지긴 했지만 희고 검고 회색의 점들만
이 명멸할 뿐 영상이 나오지 않았다. 스피커에서는 잡음이 지
직거렸다. 남자는 고개를 절레절레 흔들며 얼른 음향을 줄였
다. 지지직거리는 소리는 작아지다가 두 사람 사이에 잡음이
있었다는 흔적만을 남기고 결국 사라졌다. 남자는 몸을 일으
켜 새뮤얼의 비디오 선반으로 향했다. 비디오 한 개를 빼내
재킷을 보고 도로 돌려놓았다. 남자는 다른 비디오를 뺐다.
이번에는 마음에 드는 모양이었다. 기계가 비디오테이프를
삼키는 소리와 철컥철컥 걸리는 기계음에 이어 잠깐 어둡고
밝은 핀들이 뒤틀린 영상이 나오더니, 드디어 색상이 나타났
다. 바닷속 풍경이었다. 물고기와 조개와 바위들. 남자는 다
시 버튼을 이것저것 건드려 소리를 키웠다. 음울한 여자 목소
리가 내레이션을 했다. 남자는 몸을 돌려 소리 크기가 괜찮은
지 몸짓으로 물었다. 새뮤얼은 양손으로 엄지를 올리고 고개
를 끄덕였다.

두 남자는 나란히 소파에 앉아 먹고 마시면서 다큐멘터리
를 보았다. 기계가 작동했던 몇 달 전에 새뮤얼이 보려고 틀
었다가 계속 볼 기분이 나지 않아 금세 껐던 다큐멘터리였다.
혼자서 다큐멘터리 영상을 즐기기란 쉽지 않다. 차라리 침대
에 누워 눈을 감고 잠이 오길 기다리는 게 훨씬 쉬웠다. 하지

만 이제 그의 옆에는 공감과 관심을 소리 내 드러내줄 남자가 있다. 새뮤얼은 어느새 파도 아래 풍경을 즐기고 있었다.

새뮤얼은 섬이 얼마나 배은망덕한 곳인지 오랜 세월에 걸쳐 배웠다. 섬은 어르고 야단치는 게 불가능하다는 걸 통렬히 체감한 시간이었다. 초목은 불친절했다. 같은 채소를 심어도 섬의 어떤 곳에서는 억세고 다른 곳에서는 재처럼 버석거렸다. 식물은 제멋대로 퍼지며 땅을 장악했지만, 모래와 바위로만 이루어진 황량한 땅이 길게 뻗어 있었다. 해안도 박정하긴 마찬가지였다. 반들거리는 큰 바위들에는 미역과 지의류, 새똥과 다닥다닥 붙은 조개류만이 제멋대로 붙어 있을 뿐이었다. 그 주변에서 다시마 줄기들이 썩어가다 갈색 시체가 되어 아침마다 찾아와 꾸물대는 안개 속에서 파도에 허우적댔다.

처음 섬에 들어왔을 때 가장 무서웠던 건 마구 구르고 뒤채고 휘도는 파도였다. 고립보다도, 길들지 않는 땅보다도, 다른 무엇보다도 무서웠다. 그럼에도 새뮤얼은 싫은 내색 없이 파도를, 그리고 섬을 둘러싼 거대한 바다를 경외하려 애썼다. 그가 계속 무너지고 또 무너지는 돌담을 쌓은 건 아마도 물살의 공격에서 땅과 자신을 지켜내려는 시도였을 것이다. 전임자가 그에게 섬을 안내해주고, 등대 작동법을 가르치고, 각 해안과 해변의 특색과 차이점을 설명하고, 피해야 할 장소들과 위험 지역을 보여주던 일주일 동안, 새뮤얼은 바다와 인정사정없이 다가오는 파도보다 더 위협적인 건 없다고 느꼈다. 해안을 흐트러뜨리고 어지럽히는 파도가 그는 마음에 들지 않았다. 초목은 얼마든지 관리할 수 있고 모든 걸 숨 막히게 만든 질식초도 다룰 수 있었다. 그가 길들이고 싶은 것은 바다였다.

그 주가 끝나가던 어느 날 밤, 새뮤얼은 옷을 따뜻하게 챙겨 입고 나오라는 말을 들었다. 그는 두 남자 모두 응원하지 않는 축구팀 배지가 달려 있던 낡은 줄무늬 목도리를 빌려 목에 둘렀다. 그는 땀을 삘삘 흘리며 조지프를 뒤따라갔다. 북쪽 해변은 좁고 낮아서 비바람으로 미끌미끌한 절벽 쪽에서는 닿기 어려웠다. 노인은 두 사람 앞을 비춰줄 파라핀 램프를 들고 있었다. 램프 빛이 침침해 불빛이 닿는 곳도 어스레할 뿐이었다. 새뮤얼은 따라가다 자주 몸을 휘청거렸고, 어느 지점에서는 급기야 넘어지며 분명 육지와 그 너머까지 들렸을 아주 큰 비명을 질렀다. 조지프는 한 번도 머뭇거리지 않고 지팡이를 짚으며 꾸준히 걸어갔다. 그가 오래전에 직접 만든 지팡이였다. 손잡이에 조각한 염소 머리 장식은 이제는 뿔과 주둥이가 닳아 그저 반들반들한 공 같았다. 새뮤얼은 노인이 평소 램프 없이 이 길을 다녔을 것이고 순전히 자신을 위해서 램프를 챙겼다는 생각이 들었다.

조지프는 새뮤얼을 데리고 바위 사이를 지나 깊은 균열을 건너 자갈 해변으로 나아갔다. 두 사람이 걸음을 멈췄을 때, 조지프는 입으로 램프를 후 불어 꺼 새뮤얼이 칠흑처럼 어두운 밤을 노려보게 했다. 저쪽에서 움직임이 있었다. 무언가 해변을 가로질러 움직이고 있었다. 새뮤얼은 그 소리를 들었다. 등줄기가 서늘해지고 팔에서 털이 일어서게 하는 소리. 뼈와 뼈가 부딪치는 소리였다.

"보통 나는 한 마리만 잡네." 늙은이가 낮은 소리로 말했다. "딱 한 마리만. 욕심을 부려봤자 쓸데없어. 한 마리만 잡아도 며칠은 먹거든. 살덩이를 삶아 아이스박스에 넣어두면 맛이 변하기 전까지 실컷 먹을 수 있어. 하지만 일단 상하기 시작하면 누구도 먹고 싶지 않을 거야. 일주일은 변소를 들락날락할 테니까."

새뮤얼은 눈을 껌벅거렸다. 저 앞에서 뼈와 뼈가 부딪치는 생경한 소리와 움직임이 계속되고 있었다. 해골과 망자들과 물에 빠진 사람들이 해안으로 올라오는 광경이 머릿속에 그려졌다. "저것들이 대체 뭡니까?" 그가 물었다.

"뭐냐니? 자네 게 처음 보나? 매년 이맘때 짝짓기를 하려 찾아오는 게들이라네."

새뮤얼은 밤을 찬찬히 응시했다. 저것들이 게가 맞는다면 이제껏 봐온 것들과는 비교도 안 되게 큰 종류였다. 계곡이나 도시의 수산시장에서도 저렇게 큰 놈들은 보지 못했다. 짝 짓기를 하자며 암컷을 부르는, 파리한 집게발을 휘젓고 또 휘젓는 동작은 유령들이 춤추는 모습 같았다. 수컷 일부는 벌써 저들끼리 엉겨붙어 옆걸음질로 결투의 춤을 추고 있었다. 암컷 한 마리에 수컷 여러 마리가 올라타면서 점점 커다란 하나의 덩어리가 되었고, 그 덩어리는 흡사 느리게 움직이는, 다리가 무수하게 달린 끔찍한 괴물 같았다. 몇몇 암컷은 이미 탈피를 시작해 말캉한 회색빛 새 몸을 껍질에서 빼내고 있었다. 그 암컷들 주변으로 사그락사그락 싸우는 소리, 집게발 부서지는 소리, 껍질이 쪼개지는 소리가 끊임없이 이어졌다.

"안 돼!" 조지프가 엄청난 장관이 펼쳐지는 현장으로 다가가려 하자 새뮤얼이 자신도 모르게 외쳤다. 조지프는 벨트에 끼워 가져온 작은 손도끼를 살찐 게 한 마리를 향해 내리쳤다. 파삭, 껍질 깨지는 소리가 해안에 울렸다. 늙은이는 게 몸통에서 다리들을 잡아 뜯기 시작했고, 새뮤얼은 빛이 없는 중에도 그 파열을, 도리깨질하는 다리들을 볼 수 있었다. 작업을 마친 노인이 새뮤얼에게 고개를 끄덕했다. "이제 자네 차례야."

"무슨 뜻입니까?"

"우리는 두 사람이네. 게 두 마리는 잡아도 좋다는 거지. 저기 보이는 큰 놈으로 잡게나."

노인이 일어나서 손도끼를 내밀었지만 새뮤얼은 움직이지 않았다. "무얼 하나? 어서, 시간 낭비하지 말고. 자네가 이 섬에서 살고 싶다면 이렇게 살아야 해. 이게 이곳에서 우리가 사는 방식이네. 어서. 이거 받게."

새뮤얼은 손도끼를 받았다. 손도끼는 축축하고 약간 끈적끈적했다. 그는 손도끼를 다른 손으로 옮겨 들고 시험 삼아 아래로 반원을 그리듯 휘둘렀다. 탈피를 마친 암컷 쪽으로 걸어가며 손도끼를 다시 아래로 휘둘러보았다. 암게를 때렸을 때 소리는 거의 나지 않고 저항도 느껴지지 않았다. 도끼날은 암게의 몸을 관통해 그 밑에 있는 모래에 박혔다. 새뮤얼은 휘청하다가 몸을 바로 세웠다. 암게에서 부드러운 속살이 흘러내렸지만 껍질은 아직 완강하게 붙어 있었다.

그다음 새뮤얼은 노인을 따라 오두막을 향해 오르막길을 올라갔다. 이번에는 그가 램프를 들고 젖은 장작처럼 축축한 게 두 마리를 한 아름 안고 있었다.

부엌에서, 새뮤얼은 노인이 생명체를 해체하는 작업을 지켜보기 시작했다. 노인은 망가진 게의 몸통을 양손으로 쩍 쪼

갠 다음 순수한 뽀얀 살을 한 움큼씩 뜯어내 물이 끓는 냄비에 던졌다가 4, 5분 뒤에 건져냈다. 이런 과정이 두어 시간 계속되었다. 테이블 위에 빈 껍질이 쌓여가고 훈훈한 바다 냄새가 실내를 채웠다.

망연히 지켜보던 새뮤얼은 문득 게들이 나타난 그곳, 햇빛이 닿지 않는 해저 깊은 곳, 그들이 수세기 동안 섬으로 길을 내며 온 그 침몰한 외계 깊은 곳에 있는 자신을 발견했다. 거대하고 육중한 몸으로 바위와 다시마와 해안에 밀려온 다양한 표류물과 배에서 버린 해양폐기물을 꾸준히 헤치고 수세기 동안 항상 같은 지점으로 나아가는 한결같은 마음. 게들 중에는 나이가 수십 살 넘은 녀석들도 있었다. 게들은 꿈에서라도 무서우리만치 가공할 만한 몸 크기와 힘을 지니고 있었다. 하지만 또한 시간과 바다와 땅을 지배하는 신과 같은 위엄도 지니고 있었다.

게들에 경외를 느끼면서도 새뮤얼은 게 맛을 보라는 제안을 받고는 삶은 게살을 한 움큼 잡고 연한 살을 후루룩 빨았다. 이토록 부드러운 맛은 처음이었다. 그는 더 달라며 손을 내밀었고, 게살을 씹을 때조차 손가락을 빨며 계속 먹다가 아침 해가 떠오를 무렵에야 입을 오물거리며 잠이 들었다.

이듬해, 그는 두려움 없이 혼자 게를 잡았다. 그리고 14년 동안 한 번에 한 마리 원칙을 고수하며 같은 방식으로 게를 잡았다. 그런데도 게 숫자가 줄어들기 시작했다. 섬으로 돌아오는 게는 점점 줄다가 결국 어느 해, 돌아오기를 멈추었다.

그리고 이어지는 세월, 새뮤얼은 가끔 바위 사이 웅덩이 앞을 서성거리며 손바닥보다도 작은 게들을 잡았다. 그는 작은 게를 통째로 삶아서 살을 빨아먹었지만 까끌한 모래만 씹히고, 썩은 해조류와 햇볕이 데운 바위 같은 맛만 날 뿐이었다. 그는 예전에 맛본 괴물들을 갈망했고, 그들을 기다렸으며, 밤에 밖으로 나가 달빛 아래서 그들을 불렀다.

두 남자는 텔레비전 화면을 보고 있었다. 그간 일어난 일들은 잊었다. 악의도 두려움도 증오도 없었다. 새뮤얼은 담요로 다리를 덮은 뒤 그 위에 회갈색 쿠션을 올렸다. 따뜻하고 안전하고 편안했다. 아침이면 어김없이 찾아오던 통증도 사라졌다. 머리가 핑 돌던 어지럼증도 멈췄다. 이젠 그저 만족스러웠다. 남자와 담요를 나눠 덮은 새뮤얼의 고개가 끄덕이기 시작하더니 눈꺼풀이 내려왔다. 새뮤얼은 아직 다큐멘터리 내레이션과 남자의 숨소리를 듣고 있었지만, 또한 다른 곳에 있었다. 그는 가족과 함께 살던 단칸방에서 갓난아기를 안고 어르고 있었다. 눈을 깜빡거리다가 하품하는 레시의 작은 얼굴을 바라보고 있었다. 여기 아들이 있다. 그의 아기가 있다. 말 한번 나눠보지 못한 어린 아들, 걷고 기는 모습도 보지 못한 작은 아들. 그 긴 세월 내내 갓난쟁이 모습이던, 결코 자라지 않은, 눈을 깜빡이고 하품하고 다시 눈을 깜빡이고 하품하는 것 말고 다른 행동은 하지 않는 아기.

그다음 눈을 떴을 때 새뮤얼은 소파 옆자리에 앉아 있는 레시를 보았다. 레시가 어느새 장성해 늙은 아비를 도우려고 찾아왔구나. 새뮤얼은 손을 빼내 아들의 손 위에 포갰다. 눈물이 차오르고 목이 멨다. 하고 싶은 말이 있었다. 아들에게 꼭 들려줘야 할 말이었다. 그는 레시의 손을 힘주어 잡았다. "와줘서 고맙구나. 네가 찾아와 기뻐. 내가 더는 혼자가 아니어서 기쁘다."

새뮤얼은 소매로 뺨을 훔치고 손끝으로 눈물을 찍어냈다. "네가 와서 좋구나." 그는 같은 말을 되풀이했다. 아들은 옆에서 미소를 지으며 새뮤얼의 손을 꾹 눌러 화답했다. 그다음 몸을 살짝 비틀어 아버지의 어깨에 팔을 둘렀다. 새뮤얼은 고개를 끄덕였다. 그는 충만하고 따뜻한 수면으로 끌려 들어가는 기분을 느꼈다. 그는 자꾸 감기는 무거운 눈으로 레시를 올려다보며 무슨 말을 하기 시작했는데, 아들의 얼굴이 조금씩 흐릿해져 눈을 깜빡거려야 했다. 레시의 눈코입이 차츰 남자의 얼굴로 변해가고 있었다. 그럼에도 새뮤얼은 마음속 말을 했다. "네가 없어 난 그동안 외롭게 살았다."

남자는 대답하지 않았다. 남자는 갑자기 눈길을 돌리고 새뮤얼 어깨에서 팔을 거두고 상체를 펴며 고쳐 앉았다. 바깥에서 갑자기 꼬꼬댁 울음소리가 났다. 닭들이 싸우는 소리였다. 순간 새뮤얼은 잠이 확 달아나며 상황을 파악했다. 요란한 닭 울음소리에 두 남자 모두 소파에서 벌떡 일어나 거실을 가로질렀다. 남자가 더 빨랐다. 새뮤얼이 현관에 닿기도 전에 벌써 문을 나가 마당을 가로질렀다.

부슬비가 내리고 있었다. 새뮤얼은 가늘게 뜬 눈으로 빗줄기 사이를 바라보며 절뚝절뚝 남자 뒤를 따라갔다. 어떤 사태인지 뻔했기에 가쁜 숨 사이로 욕을 뱉었다. 닭들이 작은 붉은 암탉을 공격하고 있었다. 날리는 깃털과, 발톱을 드러내며 귀에 거슬리는 꼬꼬댁 소리를 내는 덩어리가 보였다. 남자는 몰랐다. 암탉을 바깥에 풀어두어선 안 된다는 것을. 암탉은 보호받아야 했다. 이런 일이 벌어진 건 남자 탓이다.

그때 남자가 행동을 개시했다. 얽혀 있는 닭들 사이로 손을 뻗어 작고 늙은 암탉을 꺼냈다. 암탉은 피를 흘리고 가슴팍이 나달나달해져 있었다. 날개 한쪽이 제대로 접히지 않았다. 닭들은 남자를 둘러싸고 연신 꼬꼬댁거리며 남자의 다리를 향해 짧은 공격을 퍼부었다. 남자는 휘이휘이, 하며 닭들을 발로 차 쫓아내려 했다.

"그대로 둬, 닭들을 그냥 둬!" 새뮤얼이 외쳤다. "그 암탉을 안으로 들여! 우리가 돌봐줘야 해."

하지만 남자는 듣지 않았다. 남자는 늙은 암탉을 한쪽 겨드랑이에 낀 채 서 있었다. 그러고는 눈 깜짝할 새 암탉의 모가지를 잡고 비틀었다. 그다음 암탉의 다리를 잡아 위로 들어올려 대가리가 대롱거리게 하고는 자기 입을 가리켰다. 암탉을 먹겠다는 뜻이었다.

새뮤얼은 서로 위로하고 돕던 시간의 따뜻함을 잊었다. 그의 섬을 함께 나눌 아들 레시에 대한 갈망도 잊었다. 어떤 것도 이제 중요하지 않았다. 그의 안에 비겁하게 자리했던 모든 게 분노로 돌변했다. 그가 결코 완전히 믿지 않았으며 단 한 번도 온전히 받아들인 적 없는 폭력으로의 오래된 부름이 그의 내면에서 강력한 기세로 자라났다.

새뮤얼은 남자가 아까 깨뜨려 쌓아둔 돌 더미에서 돌 하나를 집어 이제껏 경험해보지 못한 힘으로 남자의 옆머리를 내리쳤다. 남자의 얼굴이 경악으로 굳어졌다. 입에서 말이 되지 못한 헐떡거리는 질문을 던지며, 남자는 바닥으로 쓰러졌다. 한순간 암탉 옆에 널브러져 있다가 몸을 일으키려 애썼다. 그때 돌이 다시 내리쳐졌고, 남자는 바닥에 뻗은 채 한 팔을 올려 자신을 지키려 했다. 하지만 남자는 이번 타격을, 그다음 타격을, 매번 더 거세지는 타격을 전혀 막지 못했고, 결국 그의 얼굴은 너덜너덜 짓이겨졌다. 남자의 왼손 손가락 하나가 몇 번 꿈틀거리다 멈췄다.

새뮤얼은 돌멩이를 내던지고 축구 유니폼에 손을 문질러 닦았다. 비가 그치고 하늘은 며칠 만에 처음으로 푸른빛을 찾아가고 있었다. 새뮤얼은 시신 옆을 떠나 연신 손을 닦으며 느릿느릿 오두막으로 향했다. 시신은 당분간 저대로 두어도 괜찮으리라. 내일 시신을 바다로 끌고 가 그것이 온 곳으로 표류해 돌아가게 할 것이다.

바닷새들이 울고, 파도는 포효하며 자갈 해변을 때리고 있었다. 이 끊임없는 밀물과 썰물, 바다는 끊임없이 자신이 선택한 것을 가져올 것이다. 내버려두자. 바다가 찾아오도록. 새뮤얼은 문지방을 넘으며 등 뒤로 문을 닫았다.

감사의 말

줄리아노 파체즈, 에스마리 제닝스, 앙드레 크뤼거, 토추쿠 오카포르, 그리고 로버트 피트에게 감사 인사를 드립니다. 특히 이 책의 집필이 가능하도록 재정적 지원뿐 아니라 아프리카 출신 작가들의 존엄성을 지켜주고 존중해준 마일스 몰런드 재단에 감사드립니다.

이 소설 앞부분의 초고는 2017년 아프리카 단편의 날 선집 《이민자들》에 〈유지〉라는 제목으로 실린 바 있음을 밝혀둡니다.

옮긴이 권경희
한국외국어대학교 영어과를 졸업했다. 옮긴 책으로는 데버라 리비《핫 밀크》, 마티아스 에드바르드
손《거의 평범한 가족》, 나탈리 골드버그《뼛속까지 내려가서 써라》, 거트루드 스타인《앨리스 B. 토
클라스 자서전》, 마이크 둘리《우주를 여행하는 초보자를 위한 안내서》등이 있다.

섬

1판 1쇄 인쇄 2024년 8월 5일 **1판 1쇄 발행** 2024년 8월 12일

지은이 캐런 제닝스
옮긴이 권경희

발행인 박강휘
편집 이승현 정혜경 **디자인** 조명이
마케팅 이헌영 **홍보** 박상연

발행처 김영사
주소 경기도 파주시 문발로 197(문발동) 우편번호 10881
등록 1979년 5월 17일(제406-2003-036호)
주문 및 문의 전화 031)955-3100 **팩스** 031)955-3111
편집부 전화 02)3668-3270 **팩스** 02)745-4827 **전자우편** literature@gimmyoung.com
비채 블로그 blog.naver.com/viche_books
인스타그램 @drviche @viche_editors **트위터** @vichebook
ISBN 978-89-349-1087-9 03890 책값은 뒤표지에 있습니다.

비채는 김영사의 문학 브랜드입니다.